逃れ道

日暮し同心始末帖⑤

辻堂 魁

祥伝社文庫

目次

不忍池
寛永寺
下谷広小路
吾妻橋
大川
鼈甲櫛笄簪細工所「井本屋」
旅人宿「根来屋」
人宿「梅宮」
地本問屋「仙鶴堂」
菱垣廻船問屋「利倉屋」
両国広小路
吉川町
両国橋
神田多町
甚兵衛橋
千鳥橋
米沢町一丁目
橋町
横山同朋町
神田堀
鎌倉河岸
龍閑橋
田所町
通旅籠町
新大橋
本船町
米河岸
一石橋
北町奉行所（呉服町）
雪駄屋「津川」
浜町堀
三ツ俣
八丁堀
永代橋

『逃れ道』の舞台

北
西
東
南
江戸橋
日本橋
海賊橋
坂本町
南茅場町
小料理屋「桔梗」
楓川
日暮家組屋敷
亀島町川岸通り
永代橋
江戸城
八丁堀周辺図

地図作成／三潮社

序　あぶり団子《だんご》

六歳の俊太郎《しゅんたろう》は、仲間の中では一番年下の瘦《や》せたちびである。

仲間は九歳の左江之介《さえのすけ》を頭格《かしらかく》にして、八歳の淳二郎《じゅんじろう》、七歳の伊右衛門《いえもん》、もうひとりが俊太郎と同じ六歳の知恵蔵《ちえぞう》の五人だった。

同じ六歳でも、知恵蔵はよく太っていて身体《からだ》も大きく沢山《たくさん》食べる。ただ、すぐべそをかく。

まだ残暑の厳しい秋のその前日、五人は大人を交《まじ》えず子供たちだけで上野《うえの》の寛《かん》永寺《えいじ》へ参詣《さんけい》にいく冒険を企《くわだ》てた。

むろん、寛永寺参詣は口実で、両国広小路《りょうごくひろこうじ》と肩を並べる賑《にぎ》わいと評判の下谷《したや》広小路に軒《のき》を連《つら》ねる様々な表店《おもてだな》を見て廻り、寛永寺南表門の黒門から吉祥閣《きっしょうかく》、文殊楼《もんじゅろう》、根本中堂《こんぽんちゅうどう》のある一万一千坪《つぼ》を超える境内《けいだい》を遊覧する。

それから時の鐘の鐘楼堂《しょうろうどう》から花園稲荷《はなぞのいなり》を抜け不忍池《しのばずのいけ》へくだって、風光明媚《ふうこうめいび》な景色を楽しみつつ不忍池の堤で弁当を開く。

そのあとは不忍池周辺の武家屋敷地を周遊し、最後に池中に建て出してある弁《べん》才天《ざいてん》境内の出茶屋であぶり団子《だんご》を食べて帰ろう、というわくわくする企てだった。

「おれは何度もいったことがあるからさ。弁才天のあぶり団子は旨《うま》いぞ」

と、左江之介が言いだし、七歳と八歳がすぐに「いくいく」「おれも……」と賛同し、知恵蔵はあぶり団子の誘惑に勝てなかった。

「母上に、訊《き》いてみなければ……」

俊太郎だけがはっきり返事ができず、

「俊太郎はまだ子供だから仕方がない。では四人でいくとしよう。明日朝五ツ半(午前九時頃)、日本橋《にほんばし》の高札場《こうさつば》に弁当を持って集合だ」

となった。

「だめです。子供たちだけで上野までなんて、許しません。あなた、まだ六歳でしょう。大人の真似《まね》をする必要はありません」

母親の麻奈《まな》は、きりっとした目で俊太郎をひと睨《にら》みした。

台所の土間には麻奈と祖母の鈴与《すずよ》がいて、土間続きの囲炉裏《いろり》のある板敷には祖父の達広《たつひろ》が妹の菜実《なみ》をあやしている。

菜実は近ごろ、人や物にすがってなら立って少し動けるようになって、それが楽しくてしょうがないらしく、達広にすがって、むにゃむにゃでしょう、みたいなことを言う。

言葉つきがだんだん母親に似てきている。

鈴与が竈《へっつい》にかけた鍋《なべ》の中の様子を見ながら、俊太郎へひょいと笑みを向けた。

「俊太郎、寛永寺さまにいきたいのなら、今度、祖母《ばあ》ちゃんが連れていってあげるわよ」

台所には夕餉《ゆうげ》の菜の香ばしい匂いが流れている。

そういうのじゃないんだがな、と俊太郎は思いつつ、

「だってえ……」

と、母親と祖母にそう言われたら言いかえせない。

板敷の上がり端《はな》にかけ、少々不満顔になって足をぶらぶらさせた。

「ははは……遊び友達が集まってちょいと冒険をしてみたいと思う、そういう年ごろに俊太郎もなったのだな。祖父《じい》ちゃんもな、おまえと同じ年ごろには、仲間

と駒込《こまごめ》の先の王子《おうじ》さままでお詣《まい》りにいった覚えがあるぞ。みなで弁当を持って、楽しかったなあ。戻りが暗くなったものだから、母上、つまりおまえの曾祖母《ひいばあ》ちゃんにひどく叱《しか》られてな。ははは……」

そう言った達広の肩にすがって菜実が立ち、はふはふ、と笑い声を真似た。

「ええ、王子さまへ。幾つのときですか」

「確か、六歳か七歳だった。八丁堀《はっちょうぼり》同心の倅《せがれ》ら十人だった。昔の大人たちは、男の子ならそれぐらいの冒険心や胆力がなくてどうする、という考え方だった。遊びの中でも同心になる心構えを身につけておけ、という考え方だ」

「いいなあ。祖父ちゃんのころは……」

俊太郎の悄気《しょげ》ぶりに麻奈と鈴与が顔を見合わせ、小さく噴いた。

勝手口の外で薪《まき》を割っている奉公人の松助《まつすけ》が、俊太郎の悄気た様子を見て笑っている。

「なら、俊太郎、松助を連れておいきなさい。松助、いってくれますか」

「へえ、ようがす。坊っちゃんさえよろしければお供いたしやす」

勝手口より松助が笑みを向けた。

「そんなのだめですよ。自分たちだけでって決めたんですから」

子供が背伸びをするには子供なりの意味がある。そういう気持ちは大人にはなかなかわかってもらえない。

「知恵蔵さんもいくの？」

と、麻奈が仕方なく折れ始めた。そうではないふうに見えても、じつは俊太郎には甘い母親である。

松助に知恵蔵と左江之介の屋敷へ訊きにいかせたり、なんだかんだ気をもんだ挙句《あげく》、その朝、弁当と小遣いを持たせて送り出してくれた。

九歳の左江之介を頭に五人の子供が日本橋の高札場に集まり、「ではいくぞ」「おお」と、意気揚々《いきようよう》と日本橋を渡ったのは五ツ半すぎだった。

日本橋から上野寛永寺まで、子供の足でも一刻《いっとき》（約二時間）はかからない。

だが、外神田《そとかんだ》の御成道《おなりみち》より下谷広小路の賑やかな通りを、表店へ物珍しげに気を留めたり辻《つじ》々で演じられる大道芸を見物したりしてたどり、五人が木々の間で蟬《せみ》がまだかしましく鳴く寛永寺に着いたときは、早《は》や昼九ツ（正午頃）を廻っていた。

知恵蔵が寛永寺境内の木陰で弁当を開くことを提案したが、

「不忍池は上野のお山を下ればすぐだ。我慢しろ」

と、言い聞かせ、広々とした池に蓮《はす》の葉が浮かんで、水面《みなも》を渡り吹き寄せる涼風が残暑に心地よい不忍池の堤でようやく弁当になった。

そこでも木々の間ではつくつくぼうしが鳴き、白鷺《しらさぎ》が池面を舞っていた。

誰よりも早く弁当を食い終えた知恵蔵は、弁当だけでは満足せず、「左江之介さん、予定を変えて、次はあぶり団子にしませんか」と、南方の池中に赤い建物と反《そ》り屋根を見せる弁才天を指差して再び提案し、みなを笑わせた。

あぶり団子は最後の楽しみに残しておきたいけれども、まったく知恵蔵の食い気には勝てないよ、と五人は堤道を南へたどり、弁才天のある池中の島へ通じる道を折れた。

それでも今日のお目当てのあぶり団子だったから、みなの足がはずんだ。

境内は十数軒の掛《かけ》小屋の茶店が軒を並べ、幟《のぼり》を立て旗を翻《ひるがえ》し、客を呼ぶ茶汲《ちゃく》み女の声も賑やかに、引きも切らずいき交う参詣客に、田楽《でんがく》、菜飯《なめし》、団子をあぶり、酒肴《しゅこう》などを商《あきな》っていた。

お休み処《どころ》、の旗が翻る一軒に「ここだ」と、左江之介が臆《おく》せず入っていく。

茶店は葭簀《よしず》を張り廻《めぐ》らし、赤毛氈《あかもうせん》を敷《し》いた長腰かけが何台も並び、竈《かまど》にかけた茶釜《ちゃがま》が湯気を立てていた。

「おいでなさい」

茶汲み女の澄んだ声が五人を迎えた。「おいでなさい」の愛想《あいそ》のいいひと声で大人の気分がちょっと味わえた。

店土間は半ばほどが客で埋まっていたが、長腰かけの席は充分ゆとりがあった。

幸い、葭簀張りの向こうに池面を見渡す眺めのいい席が空《あ》いていて、左江之介はその席へいきかけた。

と、五人の後ろから雪駄《せった》の音がけたたましく鳴った。

どけどけどけどけ……

単衣《ひとえ》を着流した三人の男らが、一番後ろの俊太郎、知恵蔵、伊右衛門、淳二郎の順に後頭部や側頭部をはたきつつ左右へかき分け、乱暴に追い抜いていった。

あっち、痛たた、わっ、何をするんだ、と頭を抱えて三人の男らを見上げたが、男らは俊太郎たちに見向きもしない。

それに気づかず「みなここだ」と、赤毛氈の長腰かけにかけた左江之介が一番ひどい目に遭《あ》った。

「どけ」

先頭の男が着物の身頃《みごろ》を脛《すね》までたくし上げ、雪駄を履《は》いた足でいきなり左江之介を長腰かけから蹴《け》り落とした。

左江之介は、隣の長腰かけの客の茶碗をひっくりかえし、身体《からだ》をよじって店土間に転《ころ》がった。

周囲の客たちが急に声をひそめた。

「左江之介さんっ」

四人は土間に転がった左江之介の周りへ駆け寄った。

左江之介は脇《わき》腹を押さえてうなり、起き上がれない。

ぐすん、と知恵蔵がもうべそをかき始めた。

男らは子供たちのことなど眼中になく、茶汲み女に、

「お直《なお》ちゃん、酒と田楽三つだ。それとあぶり団子。この野郎が甘党でよ。餓鬼《がき》みたいに団子が大好きときた」

と、茶汲み女に濁《にご》った笑い声をじゃれつかせた。

竈の側《そば》のねじり鉢《はち》巻《ま》きの年配の主人と茶汲み女が、困惑顔を頷《うなず》かせた。

三人のうち二人は若く痩せていたが、ひとりは貫禄《かんろく》があって、背中に蝶《ちょう》の字が入った紺《こん》の標《しるし》看板を纏《まと》っていた。

「左江之介さん、立てるかい」

淳二郎が訊き、痛みの治まってきた左江之介が頷いた。淳二郎と伊右衛門が左江之介の両腕を取って助け起こし、

「いこう」

と、淳二郎はべそをかいている知恵蔵と左江之介の袴《はかま》の裾《すそ》を払っていた俊太郎に目配せをして、ささやき声で言った。

しかし俊太郎は、長腰かけの左江之介を蹴り落とした若い男の前へ、いきなり歩み出た。そして怒りをこめて声を張り上げた。

「無礼者。謝れっ」

なんだ？　男は一重《ひとえ》の目を泳がせた。

「ああ、餓鬼か」

と、子供がいたことにやっと気づいたように、男の表情を不気味に見せている薄い眉《まゆ》をひそめた。

「その席はわれらが先に取ったのだ」

俊太郎の無謀《むぼう》な行動に驚いたのは、長腰かけの三人よりほかの客たちだった。

おやおや、あのちびはあんな性質《たち》の悪い連中相手に何を始めるつもりだ、と関

心をそそられつつ、三人の物騒な男らを恐れて俊太郎に加勢する声は上がらなかった。中には代金を置いてそそくさと店を出ていく客もいる。

ぱあん。

男が躊躇《ためら》いもなく俊太郎の顔面を平手ではたいた。

俊太郎はその一発で目の前が一瞬真っ白になり、気がついたら土間へ仰向《あおむ》けに倒れていた。

「俊太郎、しっかりしろ。逃げよう」

淳二郎が俊太郎の脇を取って起こしにかかった。

だが俊太郎は淳二郎の手を払い、足がふらつくのも構わず、

「許さん」

と、なおも男に向かっていこうとした。

すると紺看板の貫禄のある男が長腰かけをゆらりと立ち、

「おめえ、侍のつもりかよ」

と吐き捨て、向かっていく俊太郎を蹴り上げた。

蹴り飛ばされた俊太郎は、再び店土間に叩《たた》きつけられた。

そのまま店の外まで転がった。

男らには、子供だからと手加減をする配慮はまったくなかった。様子を見守る客の間に喚声《かんせい》が上がったものの、誰も助けない。

「わああ」

と、仲間の四人が逃げ出した。

「健五《けんご》さん、子供相手に乱暴はおやめなすって」

ねじり鉢巻きの亭主が見かねて男らをなだめにかかったが、健五と呼ばれた看板の男は顔を醜《みにく》く歪《ゆが》め、

「おやじ、酒の支度《したく》はできたのけ。おら気が短《みじけ》えんだぜ。それから酌《しゃく》はお直にさせろ。わかってるな」

と、両肩をすぼめる亭主を威嚇《いかく》した。

「へ、へえ、ただ今すぐ」

亭主がこそこそと竈の方へ戻っていき、健五は「ふん」と鼻を鳴らして外の子供へ一瞥《いちべつ》を投げた。

と、地味な着物を下女のように裾短に着けた丸髷《まるまげ》の若い女が、上体を起こした子供の傍《かたわ》らに跪《ひざまず》き、「痛い?」「ここは?」と介抱《かいほう》しているのが見えて、健五はやけに高い鼻の周りに皺《しわ》を作った。

餓鬼などどうでもよかったが、黒髪の後《おく》れ毛が、薄く朱《しゅ》を差した女の頬《ほお》にかかっている風情《ふぜい》が、健五の気をそそった。

「おっと、こいつぁ……」

健五はほくそ笑んで、だるそうに雪駄を鳴らし葭簀張りの外へ出ると、女を見下ろした。

「おめえ、このしつけの悪い餓鬼の縁者《えんじゃ》け。おらが餓鬼にたっぷりしつけをしてやるでよ。おめえの綺麗《きれい》な顔に疵《きず》をつけたくなかったら引っこんでな」

眉の薄い男と月代《さかやき》の薄く伸びた男が、やはり面白がって、健五の後ろから女と子供をのぞきこみ、やけに白い歯を見せて笑った。

野次馬《やじうま》が、なんだなんだと人だかりを作り始めていた。

女が子供から顔を上げ、黒目がちな澄んだ目で三人を睨んだ。

化粧っ気のない面差《おもざ》しに、紅《べに》も差さないのに唇が赤く燃えていた。

「あんた方、いい大人が小さな子供を相手に、これ以上何をするつもりなんです。もういいでしょう。おやめなさい」

女の声はやわらかいが、口調は厳しい。

その勝気そうな童女《どうじょ》のように見える顔が男らをいっそう昂《たか》ぶらせた。健五は鼻の周りの皺を深め、唇を舐《な》め廻した。

「なんだと、偉そうによお。このあまっ子が、なんならおめえからしつけてやろうか。それともおらの酌をするけえ。なら許してやってもいいぜ」

ずる、と健五は雪駄をすって女の顔へ、戯《たわむ》れの蹴りを浴びせた。

女は顔をそむけ、戯れの蹴りから逃れながら、健五の足を指先でなでるようにした。

「えへへ、いやだとよ。いやなら、無理やりやらせるしかねえわな」

健五は左右の二人へにやついた顔を向け、二人も嘲《あざわら》笑いながら相槌《あいづち》を打った。

三人は自分の方から飛びこんできた若い女を、たっぷりなぶってやろうぜ、とすっかりその気になっていた。

「餓鬼は池の鯉《こい》の餌《えさ》にしちまえ。おめえはこっちへ……」

手を女の肩へ伸ばした途端《とたん》、「ああ?」と、健五の形相《ぎょうそう》が見る見る変化した。

急に身体を折り曲げ、隣の男にすがって、

「あちちちち……」

と、戯れるように片足でけんけんをし始めた。

「どうしたんでえ、健五、おい」

「あ痛たた、足が、足が、あいい……」

健五は片足を抱えたり引きずったりして顔をしかめ、またけんけんをし、さらにけんけんのままくるくると廻り出した。

その仕種《しぐさ》に茶店の中と外の人だかりから、あはっ、と笑い声が起こった。

そして二廻り目の半《なか》ばで堪《こら》え切れずに葭簀を勢いよく圧《お》し潰《つぶ》して店の中へ倒れこむと、笑い声に悲鳴や喚声が雑《ま》じった。

「おい、健五っ」

「てめえっ」

眉の薄い男が振り向き、若い女と女に上体を抱えられた俊太郎を睨んだ。

青ざめた顔に凶暴さが浮かんでいた。

「何しやがった、ああ」

激しく喚《わめ》いて踵《きびす》を返した。

わあ、やられる、と俊太郎は目をぎゅっと閉じた。

その俊太郎の耳元で、やわらかなささやき声が聞こえた。

「大丈夫だから、じっとして」

え？——と俊太郎が目を開けたとき、男の拳《こぶし》が女の丸髷へ振り下ろされた。

女は小首を傾《かし》げ、無雑作《むぞうさ》に腕を伸ばす男のはだけた胸へ指先をかざしたのが見えた。

だがそこから先がよくわからなかった。

眉の薄い男が振り下ろした長い腕を泳がせ、俊太郎と女を睨んだまま両膝《ひざ》を折り、それから声もなく、木偶《でく》のように潰れたからだった。

周りの人だかりに、「ええ？」という声が湧《わ》いた。野次馬にも、なぜそうなったかがわからない。

女は丸髷にわずかに触れた男の手を、はらりと払いのけた。

「さあ、立てる？」

俊太郎は女に肩を抱えられ、起き上がった。

眉の薄い男が、地面に潰れた恰好《かっこう》でまばたきもせず二人を見上げていた。

薄く月代を伸ばした男は、葭簀を潰して倒れた看板の男と地面に潰れて身動きできなくなっている男の間で小腰を屈《かが》めて身構え、女と俊太郎、そして二人の仲間へ、交互に怯《おび》えた目を投げた。

看板の男は片足を抱えて、痛い痛いと喚いてのた打っているし、もうひとりはぴくりともしない。

なぜかはわからないが、奇妙で尋常《じんじょう》ではないものを女に感じ戸惑っていた。

このあまっ子……と思う一方で、逃げるか、と逡巡《しゅんじゅん》していた。

だが男の決断は早かった。

「知るかっ」

着物の裾を素早くからげ、雪駄を賑やかに鳴らして人だかりをかき分け走り去っていった。

その豹変《ひょうへん》ぶりが滑稽《こっけい》だったからか、野次馬が囃《はや》すように笑った。

女は少々乱れた髪を手で直しつつ、

「お家《うち》はどこ？　送っていくわ」

と、俊太郎へ微笑《ほほえ》んだ。

先に逃げた左江之介と淳二郎、伊右衛門、知恵蔵が二人の周りへ決まり悪そうに戻ってきていた。

第一話　八丁《ちょう》堤

一

鎌倉河岸《かまくらがし》から龍閑《りゅうかん》橋をくぐり甚兵衛《じんべえ》橋の東で南の浜《はま》町堀まで、神田《かんだ》堀の流れに沿って、堀の北側に八丁《ちょう》（約八七二メートル）に亘《わた》って火除《ひよ》けの土手が築いてあり、土手には松が植わっている。

その八丁堤の土手下、主水《もんど》橋と今川《いまがわ》橋の間の堀端《ばた》で、品川《しながわ》町裏河岸は菱垣廻船《ひがきかいせん》問屋《利倉屋《りくらや》》の雁之助《がんのすけ》という平《ひら》番頭が殺された。

未《いま》だ確かな調べはついていないが、懐中の物を奪われており、流しの追剝《おいはぎ》の仕《し》業《わざ》と思われた。

神田堀は日本橋と内《うち》神田の境になっていて、その道は日が暮れると人通りが急に少なくなる。下町の一画とはいえ裏寂《うらさび》しい堀端だった。

　俊太郎たち五人の仲間が上野の寛永寺参詣《さんけい》を口実《こうじつ》に下谷広小路に出かけ、不忍池の弁才天で災難に遭《あ》ったのは、その一件から数日後のことである。

　母親の麻奈が心配したのには、数日前の神田堀の追剝と殺しの一件が頭の隅《すみ》に残っていたこともあった。

　俊太郎は寛永寺の参詣から案外早くに帰宅した。

　ただし、無事に、とは言えなかった。

　顔に青あざができ、汚れた着物を脱《ぬ》がせてみると、薄い胸から首筋にかけて大人に足蹴《あしげ》にされた跡が赤黒く残っていたから麻奈は周章《あわ》てた。

「ふむふむ……骨に異常はない。言うこともしっかりしておる。顔と胸の打撲じゃな。ま、五、六日で治るじゃろう」

　亀島《かめしま》町の医者の診断で、膏薬《こうやく》と塗り薬をもらって戻ってきた。

　その翌日である。

　麻奈は、左頰《ほお》に大きな膏薬を貼《は》るのを恥ずかしがる俊太郎に、

「何を言っているの。青あざのままの方がもっと恥ずかしいでしょう」

　と、言い聞かせ膏薬をそうっとあてがった。

あいたた……

顔をしかめる俊太郎を麻奈の傍《かたわ》らに座って見上げている菜実が、「……でしょう」と母親を真似《まね》たように何か言い、「ねえ。我慢しなさい」と麻奈が菜実のむにゃむにゃに調子を合わせて笑った。

それから笑い顔のまま「いいわ」と頷《うなず》き、菅笠《すげがさ》をかぶせた。

ちょうどそのとき、廊下と台所の仕切り襖《ふすま》がすっと開いた。

町方勤めの定服《じょうふく》ではなく、茶と黒の格子《こうし》の単衣《ひとえ》の父親が、博多帯《はかたおび》に黒鞘《くろさや》の二本を落とし差しにした寛《くつろ》いだ拵《こしら》えでゆらりと現われ、俊太郎に笑いかけた。

北町奉行所同心・日暮龍平《ひぐれりゅうへい》である。

「お、俊太郎、支度《したく》は整《ととの》ったかな」

「整いました」

俊太郎は澄まして鼻先を表へ向けた。

庭の樹木で鳴くつくつくぼうしの声が、戸を開けたままの勝手口から聞こえていた。朝の青白い日溜《ひだま》りが、勝手口の外にできている。

父親が先に台所の土間へ下りた。

父親は軽々と背を伸ばして土間に佇《たたず》み、勝手口の日溜りへ顔を向けた。

「まだまだ暑い日が続くな」

菜実がむにゃむにゃと応《こた》え、父親は菜実の方へ振り向き、

「菜実もそう思うか」

と、笑いかけた。

俊太郎は父親の背丈を五尺七寸《しゃくすん》(約一七一センチ)少々と聞いている。鼻梁《びりょう》が少し高くなっているけれど、鼻筋が目立つほどではない。目立つのは、二重《ふたえ》のきりりとした目つきなのに、それを台無しにしている情けなさそうに下がった濃い眉尻《まゆじり》と、どちらかと言えば色白の長い顔の顎《あご》が少し骨張っていて、それがいつも笑っているみたいな顔つきにしているところだ。

だから、あんまり強そうに見えない。

余所《よそ》のどの父親も難しい顔つきをし、口をへの字に結んでいる。堂々としていて、話しかけるのが恐いくらいの貫禄《かんろく》がある。

遊び仲間はみな、貫禄のある父親を自慢に思っているふうなのだ。

そういう貫禄が俊太郎の父親にはなかった。

というか、なんとなく町奉行所同心らしくなかった。

じつは、優しくて頼り甲斐《がい》があって、なんでも知っているし、母上にさえ隠し

ているものの剣だって強い。

偉ぶらないし、話しかければいつでも一所懸命応えてくれるし、わからないときは一緒に考えてくれる話のわかる父親だった。

それでも遊び仲間の父親と較《くら》べて少々貫禄と同心らしい威厳がな、と子供心に思わないでもない。

「俊太郎。せっかくの男前が、少々損《そこ》なわれたな」

手に提《さ》げた菅笠をかぶりつつ、やはり父親も笑っている。

やっぱり顔の膏薬がおかしいのだ。いやだな。

「菜実も父上と兄上をお見送りしましょう」

母親の麻奈が菜実を抱き上げ、表口まで二人を見送った。

「……しょう」

と、表口のところで菜実がむにゃむにゃとまた父親に話しかけ、「そうか、わかった。では、いってくるよ」と菜実へ笑顔をかえす父親に何がわかったのか、俊太郎にはわからない。

ただ、こういう気安さがな、なんとなくな……

と、俊太郎は思うのだった。

昨晩、北町奉行所平同心・日暮龍平は宿直《とのい》当番だった。

朝、当番の引き継ぎをして亀島町の組屋敷へ戻ると、麻奈から俊太郎が昨日喧《けん》嘩《か》をして怪我《けが》をした話を聞かされた。

子供同士の喧嘩ではなく、上野の地廻《じまわ》りが相手らしい。

「そうか。それは怪我がたいしたことがなくてよかった」

と応えたものの、やくざや破落戸《ごろつき》でも子供を相手にする場合はたいがい手心を加えるものだが、と珍しく思った。

けんご、という上野の地廻りの名も聞いたことはなかった。

「それよりも、俊太郎を助けてくださったお篠《しの》さんという若い女の方なのですけれど……」

麻奈が着替えを手伝いながら言った。

「それならやはり、礼はせねばな」と相談がまとまり、俊太郎と出かけることになったのである。

龍平は坂本町《さかもとちょう》で手土産《てみやげ》の金つばを買い求め、楓川《もみじがわ》に架《か》かる海賊橋《かいぞく》を渡った。

楓川の両岸に材木屋の蔵や商家の土塀が連なり、河岸《かし》場には船が舫《もや》い、材木を積んだ艀《はしけ》がいき来している。

　橋の袂《たもと》の柳の木でも、つくつくぼうしが鳴いていた。

「俊太郎、そのけんごとかいうやくざ者らの様子を詳しく聞かせてくれ。それからお篠さんという人が、どういうふうにしてやくざ者を収めたのかもな。母上の話では今ひとつ事情が呑《の》みこめないのでな」

はい。昨日わたしたちは——と、俊太郎は龍平とともにゆきながら、昨日の不忍弁才天での出来事を細かく語った。

　二人は本材木町《ほんざいもくちょう》の通りから江戸《えど》橋を渡って伊勢《いせ》町堀の米河岸《こめがし》、堀留《ほりどめ》の通りを東へ折れた。

「しかし、けんごは何があって急に足を痛めたのだ。お篠さんは何をした。そこのところがわからないが」

「わたしにもよくわかりません。というか、お篠さんは何もしなかったと思います。けんごがお篠さんの顔を蹴ろうとして、お篠さんは手をこう添えて顔を避《よ》けただけなんですから」

　こんなふうにひょいと——と、俊太郎はそのときの仕種《しぐさ》をして見せた。

「ふむ。手を添えて……」

俊太郎の仕種を見ても、呑みこめない。

「手に何か持っていたのかい。それでけんごの足を疵《きず》つけたとか」

「お篠さんは手には何も持っていませんでした。だって、わたしの肩を両手で抱いて起こしてくださったんですから。けんごだって、血は一滴も流していません し、何か得物《えもの》を持っていたらわかります」

「それはそうだな。で、もうひとりは?」

「同じです。何もなさらなかった、と思うのですが……」

話しつつ俊太郎自身、なぜなんだろう、と昨日の出来事を思い出して訝《いぶか》しんでいるふうだった。

「男がお篠さんに殴りかかったんです。拳《こぶし》を作って。拳がお篠さんの髷《まげ》に触れたのかどうかはわかりませんが、お篠さんは拳を防ぐために手をふっとかざしたみたいでした。そしたら男は、拳を振り落とす恰好《かっこう》のまま膝《ひざ》をついて地面に倒れたんです。蛙《かえる》みたいに手足を曲げて、ぐにゃりと潰《つぶ》れたんです」

俊太郎は、お篠のその仕種もして見せた。

「潰れた、か。男は叫んだりうめいたりしたのか」

「何も。叫んだりうめいたりはしていません。目を開けて、わたしたちが立つのを見上げていました」

「倒れた恰好で、くそ、とか、このあま、とかは言わなかったのか」

「言いません。ただ不思議そうにぽかんと見上げていただけです」

二人の男の身体に異変が起こった。といって、血を流すとか気を失うとか絶命するとか、そういうのではない何かの異変がだ。

偶然、身体に変調をきたしたのか。それとも、何か技をかけられたのか。

「お篠さんはそのとき、屈《かが》んでいたのだったな」

「はい。わたしの側に屈んだままでした」

「倒れた男らのことは何か言ったのか？」

「ときがたてば元どおりになります、と仰《おつしや》いました」

「ときがたてば、元どおりに？」

俊太郎は頷いた。

「放っておいても大丈夫だから、いきましょうと」

手を添え、あるいはかざした。それだけで何かできる技を……

二人は元浜町から浜町堀に架かる千鳥《ちどり》橋を渡った。

橘《たちばな》町は千鳥橋を越えた浜町堀端の東側、横山同朋《よこやまどうぼう》町へいく途中に連なる町家で、人通りが多い。

橋町から薬研堀《やげんぼり》不動にかけては、武家地をのぞけば町家が隙間《すきま》なく軒《のき》を並べる繁華な界隈《かいわい》であり、また柳橋《やなぎばし》芸者の花町でもある。

薬研堀に架かる橋は元柳橋ともいう。

訪ねたのは橋町の涌井意春《わくいいしゅん》の家で、涌井意春は錦絵《にしきえ》の町絵師と俊太郎はお篠から聞いていた。

龍平は涌井意春という名の町絵師を知らなかった。

俊太郎の覚えている身形《なり》より、お篠という若い女性《にょしょう》は涌井の家の奉公人と思われた。

橋町の自身番で、唐和薬種十組問屋《大坂屋《おおさかや》》、乾物問屋《伊勢屋《いせや》》の看板を通りに提げた表店《おもてだな》の間の路地から入る平六店《へいろくだな》を教えられた。

二階家の五軒長屋が西側、井戸と四軒長屋が東側、同じく四軒長屋が南側奥に建てられている裏店《うらだな》で、幅一間《けん》（約一・八メートル）ほどある路地は日当たりがよく、井戸の脇に高い椎《しい》の木が枝葉を繁らせていた。

涌井意春の住まいは、平六店東四軒長屋の井戸側より三軒目である。

路地に人影はなかった。

表の腰高障子《こしだかしょうじ》が三寸（約九センチ）ほど開《あ》いていた。

「ごめん」

龍平は二度声をかけた。

女らしき後ろ姿が裏庭で洗濯物を干《ほ》しているのが見えた。

二度目に、「はあい」と若い女の声がかえってきた。

はい――と表戸を開けた丸髷の女が、龍平と並んだ俊太郎を認め笑顔をはじけさせた。

「あら、俊太郎さん」

と笑顔の輝く女が、お篠とすぐにわかった。

「日暮龍平と申します。突然おうかがいいたしました無礼を、何とぞお許しください。わたくしはこちらにおります俊太郎の……」

と、龍平は腰を折って名乗り、突然、訪問した事情を語った。

「……お陰をもちまして怪我はさほどのこともなくすみ、家の者一同、胸をなで下ろした次第です」

「そうですか。たいしたことがなくてよかったね、俊太郎さん。膏薬もちょっとの間、我慢しなければね」

お篠は明るい笑顔を浮かべて、俊太郎に笑いかけた。

「はい。ありがとうございました」

俊太郎は頬の膏薬を恥ずかしそうに目をしばたたかせた。

「本日は俊太郎とともに、昨日のお礼に参上いたしました」

「お礼だなんて。わたし、別に何もしていないんです。相手が急に具合いが悪くなったみたいで、勝手に転《ころ》んじゃって。どうしてあなったのか、わたしにもよくわかりませんけれど、運よく無事だった、それだけです」

「いやいや、男らを上手《うま》い具合いにあしらわれた手捌《てさば》きを俊太郎より聞き、驚いております」

「ふふ……わたしにそんな手捌きができるわけがありませんよ」

お篠の笑顔は明るく、綺麗な白い歯並みに可愛《かわい》らしい糸切り歯が見える。

少々鷲鼻《わしばな》の筋が通って鼻先は尖《とが》り、丸髷の下に描かれたやわらかな相貌《そうぼう》の輪郭《りんかく》に刷《は》いた白粉《おしろい》と口紅の薄化粧、肌理《きめ》の細《こま》かい白い薄桃色の肌、大きく黒目がちな眼差《まなざ》しは、童女が背伸びをするような健気《けなげ》さを湛《たた》えていた。

お篠の背丈は五尺二寸（約一五六センチ）足らずだろうか。

仕種は童女を思わせるはずむような身軽さが感じられたが、やくざや破落戸と渡り合う鉄火《てつか》な気丈《きじよう》さはまったく見えない。

「日暮さま、俊太郎さん、狭《せま》いところですけれど、どうぞお上がりください。ただ今、主人を呼んでまいります」

やはり……。

渋い橙《だいだい》色に草模様の小紋を抜いた小袖《こそで》姿は二十歳《はたち》をすぎたばかりの若い年増《としま》の色香をほのかに醸《かも》しており、お篠が涌井意春の奉公人ではなく妻であることも、ひと目でわかっていた。

近ごろは人妻でなくとも丸髷を結《ゆ》う女性が増えたけれども、お篠の風情《ふぜい》には若妻の初々《ういうい》しさが輝いている。

お篠は二人を三畳《じよう》ほどの板敷続きの六畳へ通した。

部屋の一隅に、組立のびいどろ鏡が乗っている黒塗りの小箪笥《こだんす》があり、びいどろ鏡の隣の壁の少し上の方にさり気なく、錦絵が架けられている。

それは表装を施《ほどこ》した掛物の美人画で、すぐにお篠を手本にして描いた錦絵であることが見て取れた。

「あっ、あれ、お篠さんだ」

俊太郎にも絵がお篠であることがわかって、声を出した。

お篠が俊太郎へ、照れ笑いを浮かべて頷いた。

そして六畳脇の階段から二階へ、軽々と上がっていき、「あんた、お客さまが」

「うん、どなただ」と言い合う声が階上より聞こえた。

濡《ぬ》れ縁《えん》の先の狭い裏庭に、男物の帷子《かたびら》が干してある。

お篠が先に下りてきて、土間の竈《かまど》に架けた湯鍋を見た。

湯鍋から淡《あわ》い湯気が立ち上った。

竈に薪《まき》をくべ茶の支度を始めたところへ、階段の踏板を軋《きし》らせ、涌井意春が階下に姿を見せた。

色褪《いろあ》せた鼠《ねず》の帷子の裾から、細い素足が伸びていた。

帷子の上に町内の祭りのときに着るような黒の法被《はっぴ》を纏《まと》っていた。

痩《や》せて背が高く、総髪を後ろへ束《たば》ねて背中に垂《た》らし無精髭《ぶしょうひげ》を生やしているが、顔立ちに幼さが見え、お篠とは似合いの若夫婦に思われた。

むろん無腰である。しかし、
ああ、意春は侍か……と、龍平は思った。

二

「失礼いたします。貧乏絵師なのですが、貧乏ゆえに暇《ひま》なしに仕事に追われております。髭も剃《そ》らず、むさ苦しい身形をお許しください」

意春は痩せた肩をすぼめ、恥ずかしそうに着座した。

「こちらこそ仕事中お邪魔をいたし恐縮しております」

「朝から根を詰《つ》めており、そろそろ休憩をと思っておりました。ちょうどいい機会です」

痩せた頬をゆるませた笑みに、どことなく育ちのよさが感じられる。

「改めまして……」

と、龍平は土産の菓子を差し出し、昨日、倅《せがれ》・俊太郎が危《あや》うきところをお内儀《ないぎ》に助けられ、と意春にも改めて礼を述べた。

「内儀などと申されますと面映《おもは》ゆい。貧しき町絵師の女房です。昨日のことはうかがっております。わが女房にさしたる働きができたとも思えませんが、少しでもお役に立てたのなら何よりです。遠慮なくいただきます」

茶を運んできたお篠と意春が、頷き合った。

「お篠に聞きましたが、俊太郎さんは大変勇敢だったそうですね。まだ年ばえもゆかれぬのにやくざ相手に、筋を通そうとなさった。やはり侍の血筋でいらっしゃる」

「本当に。大人もかかわるのを恐れて知らぬ振りをしているところを、たったひとりで偉かったわ。ついついなんとか助勢しなければと思って、わたしも夢中でした。ふふ……」

「なかなかできぬことです。お篠さんは本当になんの心得もなく、俊太郎をお助けいただいたのですか」

「さっきも申しましたけれど、わたしに手捌きも心得もありません。わたしは相模《さがみ》の貧乏な百姓の家の生まれです。口減らしの奉公勤めを目当てに江戸へ出てきただけです。わたしって、子供のときからそういう子だったんです。そそっかしいんです」

「後先のことを考えずやってしまうそそっかしさが、おまえらしいよ」

夫婦は顔を見合わせて笑い、屈託《くったく》が見えなかった。

しかし事と次第、相手によっては、勇敢やそそっかしいではすまない事態にもなりかねない。それを笑ってすませている。若さというものか。

龍平は若い二人の仲の良い様子が心地よく、それ以上は考えなかった。

「錦絵を、お描きになっていらっしゃるのですね」

話題を転じ、壁の美人画へ目を遊ばせた。

「十七のときに錦絵師を志《こころざ》し、江戸へ出てきたのです。こと志と違い世間は甘くはなく、幾ら描いても絵など売れはしません。たちまち暮らしに窮《きゅう》し、恥ずかしながら、父と喧嘩をし、出奔《しゅっぽん》同然に捨てたはずの実家の母にこっそり無心をして、どうにか生きつないだというありさまでした」

「ご実家はどちらで？」

「はい。父は小田原《おだわら》の大久保《おおくぼ》家のお抱え絵師でした。今は兄が家督を継いで、絵師に召《め》し抱えられ、お城のご用を承《うけたまわ》っております。わたしは父から絵の手ほどきを受けたのです。子供のころは、わたしもいつかは父のように、いずれ涌井家の絵師として、身を立てるものだとぼんやりと思っておりました。ところが、十四、五のころでしたか」

意春は鈴木春信《すずきはるのぶ》の浮世絵の美人画に出合い、魅《み》せられた、と言った。

己《おのれ》の目指す絵は、武家の書院の襖《ふすま》絵や屏風《びょうぶ》絵ではなく、市井《しせい》の女や男の今を生きる美しさ、息吹《いぶき》なのだと気づかされた。

「あの気持ちをお伝えする上手い言葉が見つかりません。美人画の鈴木春信、西《にし》川祐信《かわすけのぶ》、礒田《いそだ》湖竜斎《こりゆうさい》、北尾《きたお》重政《しげまさ》、役者絵の勝川春章《かつかわしゆんしよう》、春好《しゆんこう》、春英《しゆんえい》、それから東洲斎写楽《とうしゆうさいしやらく》、美人画を極めた鳥居《とりい》清長《きよなが》、喜多川歌麿《きたがわうたまろ》……そうなると、それまでの家業の絵の勉強などに身が入るはずがありません。一刻《いつこく》でも早く江戸へ出て動き出さねばという気持ちで、居ても立ってもいられませんでした」

「なるほど。それでは、お父上もお辛《つら》かったでしょうね」

「毎日が喧嘩です。主家に申しわけが立たぬ、腹を切れ、と言われたこともあります」

ははは……と笑って、意春は横のお篠へ笑顔を向けた。

お篠は膝の上に重ねた手に、目を落として意春の話を聞いている。

「今、こうやってどうにか暮らしていけるようになるまで、ずいぶんときがかかりました。母からは、父に詫《わ》びを入れて戻ってくるようにと、たびたび諫《いさ》められました。ですが、どうしても戻る気にはなれなかった。錦絵があきらめきれなかったのです。希《まれ》に仕事があっても、団扇《うちわ》絵や扇子《せんす》絵でわずかな画料を稼ぐ程度のその日暮らしでした」

「あの絵は、いつお描きになったのですか」

龍平は壁の美人画へ再び眼差しを投げた。

「三年ほど前、偶然のきっかけでお篠と知り合い、お篠を手本に描いた記念の作です。美人画や役者絵の一枚絵、二枚絵、なども板行《はんこう》している上野の地本問屋《じほんどいや》さんであの絵が初めて売れましてね。意春という名は、鈴木春信の春の字を取って、その折りにつけたのです」

龍平は、意春とお篠の知り合った偶然のきっかけが少し気になった。

だが、初対面でそこまで立ち入るのは野暮《やぼ》である。

「それからは、お篠を手本に様々な女の絵姿を描いて売り出せるようになったのです。評判もまずまずで、お陰さまでどうにか仕事が途切れぬほどに注文をいただき、画料の稼ぎだけで暮らせる身になれたのですから、ありがたいことです。半年前、米沢《よねざわ》町のひと間だった裏店からこちらへ越し、念願の仕事部屋を持つこともできました」

お篠は目を伏せたままである。

野暮は言うまい、と思った。

「そうでしたか。お見かけするところ、まだお若い。その若さで志を貫《つらぬ》かれたのですね」

「わたしは二十六です。しかし日暮さんだって、ずいぶん若く見えます。失礼ですがお幾つになられましたか。お勤めはどこかのご家中で」

「歳《とし》は三十一です。俊太郎は六歳です」

龍平は俊太郎へ頷きかけた。そして、

「北町奉行所の同心です。今後ともお見知り置きを」

と、言い添えた。

あっ、あら、と二人は怪訝《けげん》な顔つきに変わった。

しかし龍平は微笑《ほほえ》んだ。

「町方に警戒の念を抱かれるのは無理からぬことです。一旦、命《めい》あれば、われら町方は命令どおりに動かねばなりません。それが町方の務めです」

錦絵師や戯作《げさく》・読本《よみほん》の作者、並びに板元《はんもと》の本屋、読売《よみうり》、絵双紙屋《えぞうしや》は寛政《かんせい》の改革以来お上より様々な制約を受け、それをじかに監視し取《と》り締《し》まる町方を意春もお篠も快《こころよ》く思っているはずがなかった。

「しかしながら、わたしたちも偶然のきっかけでこうして知り合いとなりました。何とぞ町方に懸念《けねん》を持たれることなく、こういう立場の知己《ちき》もできたとお考えになっていただきたい」

「懸念などと、とんでもありません」

お篠が顔を上げ、やわらいだ表情を龍平へ寄越《よこ》した。

「日暮さまとお知り合いになれて、とても心強く思います。ねえ、あんた」

夫婦はまた顔を見合わせて頷き合った。

「何か困ったことがあればいつでも遠慮なく相談してください。奉行所なり亀島町の組屋敷なりに日暮龍平をお訪ねくだされば、微力ではありますが、わたしにもあなた方のお役に立てることがきっとあると思います」

龍平はこの若い夫婦のつつがない日々を、願わないではいられなかった。


「父上、お篠さんは相模のお百姓の家の生まれと仰っていましたね」

「ふむ。言っていた。相模のどこかな。聞きそびれたが」

「口減らしの奉公勤めって、どういうことなんですか」

龍平と俊太郎は、浜町堀の東堤道を三ツ俣《みつまた》の方角へたどっていた。

東西に開かれた神田堀は橋本《はしもと》町で南へ曲がって浜町堀になり、大川《おおかわ》の三ツ俣へそそいでいる。

堤道は橋町から久松町《ひさまつ》へと続き、切岸の堀を荷物を積んだ艀が通りすぎていった。浜町堀を挟んだ元浜町から富沢町《とみざわ》にかけては古着屋が多く、古着屋の土手蔵が並び、河岸場で軽子《かるこ》が艀から荷揚げをしているのが見える。

「江戸にもどの国にも、暮らしに困っていない人々と困っている人々がいる」

と、龍平は言葉を選びながら言った。

「小さな田畑しか持たない貧しい百姓の家では、後継ぎが田畑を耕《たがや》して生きていけても、後継ぎ以外の子供らには耕して自らを養う田畑がないのだ。親は子供らがこのまま大人になっても、ずっと家で暮らしていけないことはわかっている。だからまだ子供のうちに、町のお店やお金持ちの家へ奉公勤めをさせるため、家を出すのだ」

「子供のうちに、ですか」

「そうだ。子供のためを思う親心とも言えるが、じつは子供を奉公に出すとその子供が食べる分の米が残る。米を食べる人の数が減って残りの者が少し楽になるだろう。そのために子供を奉公勤めに出すのだ。それが口減らしだ」

「そんな。それじゃあ、子供はまるで捨てられたみたいじゃないですか」

浜町堀端の柳が、残暑の中で心地よさげに繁《しげ》っている。

二人連れの定斎屋《じょうさいや》が両天秤《てんびん》に担《かつ》いだ箱の引き出しの鐶《かなわ》を、かちゃかちゃと鳴らしつつゆきすぎた。

「仕方がないのだ。そういうことをせずとも、誰もがみな楽に生きられればいいのだが……」

「お篠さんは、口減らしで捨てられたんですね」

俊太郎は少し怒っている。

「捨てられたというのは正しくはない。百姓町人の中には十歳をすぎた子供らが商人《あきんど》になるために親元を離れ、十年年季、長いときは二十年年季で奉公に出ることがある。自ら進んで奉公にゆく子供もいる。だが、たいていの子供は辛くても我慢して小僧奉公をし、ゆくゆくは手代や番頭になり、一人前の商人になる修業をする。そういう定めに生きる人もいるということだ」

「十歳で商人になるために家を出るのですか。父上や母上と離れて、暮らさなければならないのですか」

「大店《おおだな》に奉公する子もいれば、小さな商売の店に奉公する子もいる。女の子は手代にはなれないので、端女《はしため》や下女勤めをさせられる。あるいは花町に買われていく子もいる」

「花町って?」

「花町というのは大人の遊び場だ。大人にはそういう遊び場があるのだ」

「父上も花町で遊ぶのですか」

「ああ。遊んだことはあるよ。どういうところか、大人になればわかる」

俊太郎は「大人になれば」と、繰りかえした。

「侍の家の子供も、後継ぎ以外は奉公勤めに出るのですか」

「形は違うが、似たようなことは侍の家にもある」

部屋住み――と言いかけて、龍平はやめた。

見上げる俊太郎に、龍平は苦笑を投げた。

龍平は、水道橋《すいどうばし》三崎稲荷《みさきいなり》の稲荷小路に屋敷がある公儀番方小十人組《こうぎばんかたこじゅうにんぐみ》旗本・沢《さわ》木七郎兵衛《きしちろべえ》の三男、つまり先に当てのない部屋住みだった。

旗本、といっても、小十人組は百俵扶持《ぶち》ほどの貧乏旗本である。

父・七郎兵衛は、子供の龍平を事あるごとに諭《さと》した。

「おまえは、学問の道か剣の道で己の身を立てるのだ」

足かけ九年前、北町奉行所同心・日暮達広の家に婿入《むこい》りの話がきたとき、
いくらなんでも不浄役人の町方の家に……

といった沢木家の親類縁者の反対を押し切って日暮家への婿入りを決めたのは、龍平自身だった。

学問の道か剣の道か、養子縁組か。早い話が、それもまた武家なりの口減らしということだな、と思ったからだ。

三

お里季《りき》は西日に暖められた洗濯物を取りこんだ。

夫の麻の帷子や肌着、下帯、自分の洗濯物を抱えると、さらさらとした肌触りと気持ちのいいお日さまの匂いがした。

裏庭の塀越しに伸びた隣の店の桂《かつら》の木で、つくつくぼうしが鳴いていた。

路地を小切れ売りの行商の売り声が流れていた。

どこかで遊ぶ子供たちの声が聞こえてくる。

お里季は濡れ縁から六畳へ上がり、洗濯物を置いて腹をさすった。

「元気かい。おっ母《か》さんは元気だよ」

と、笑みを浮かべて話しかけた。

二階で夫の咳払《せきばら》いが聞こえ、お里季は天井を見上げた。

それから庭へ目を向けた。

隣の店の屋根が、狭い庭に西日と影を落としていた。

まだ夏の名残《なごり》を留《とど》めた青空が広がっている。

小切れ売りの眠くなるような売り声と子供らの遊び声が、お里季をうっとりとさせた。

自分にこんな廻《めぐ》り合わせがくるとは、思いもしなかった。

だから心配にもなった。

今日きた日暮龍平というお侍と倅の俊太郎という男の子が、お里季の脳裡《のうり》をよぎった。

町方同心と聞いて胸が鳴った。思い出してもまだ少しどきどきする。

でもあのお侍の笑顔は、お里季の胸の高鳴りを優しく鎮《しず》めてくれた。

代官所の元締《もとじめ》とか、手附《てつけ》や手代や、お役人と言われている人たちは大勢知っているけれど、あんな笑顔をした人はひとりもいなかった。

笑うときはみんな、がらがら、と耳をふさぎたくなる濁声《だみごえ》で笑う。

俊太郎さんは、可愛らしくて、まっすぐで、勇敢だったし……

お里季は洗濯物を畳《たた》みながら考えた。

「ごめんください」

女の声がして、表口の腰高障子に人影が薄く差した。

人影は二つ見えた。

はい——お里季は六畳間続きの板敷から土間へ下りた。

腰高障子を開けると、年配の女性《にょしょう》ともうひとりは三十前後に見える年増が、
簦笠《とうがさ》と杖《つえ》を携《たずさ》え手甲《てっこう》を着けた旅拵えで立っていた。

「あっ」

お里季は思わず小声をもらしていた。

二人とも意外そうな顔つきで、お里季を見つめている。

「おいでなさいませ」

お里季は腰を折った。

「あの、どちらさまでございましょうか」

二人は互いに顔を見合わせ、それから怪訝な表情を浮かべた。

「こちらは、涌井斉年《なりとし》の住まいではございませんか」

年増の女性が、やや高い語調で訊《き》いた。

「は、はい。さようです。涌井斉年の、住まいです」

お里季は狼狽《うろた》えた。

「なりとし？」

と、年配の女性が顔つきを少しもゆるめず訊きかえした。

明らかにお里季が「斉年」と言ったことを、訝しく感じているふうだった。

じっとお里季を見つめている。

「どうぞ、お入りください」

お里季は畳んでいる途中の洗濯物を、六畳間の階段の下の狭い押し入れに急いで仕舞《しま》った。

二人は土間に入っていた。

年増の女性が腰高障子を閉めた。

「どうぞ、お上がりくださいませ。ただ今お茶を用意いたします」

お里季はそれが正しい振る舞いかどうか知らないけれど、畳に手をつき、頭《こうべ》を低く垂れて懸命に言った。

「お構いなく。それより、斉年を呼んでいただけますか。母親と姉がまいったとお伝えください」

姉の高い語調が厳しく言った。

「は、はい。ただ今」

お里季は、夫の母親と姉の顔をまともに見ることができなかった。

はじけるように身体を起こして二階へ上がった。

胸の鼓動が聞こえた。

二階は四畳半が二間になっている。

表の路地側の四畳半に出格子《でごうし》窓があり、意春の仕事部屋に使っている。

絵具や染料の臭い、紙束、資料や手本の読本や双紙、下絵を描いた紙や団扇や扇子なども散らかって、窓際の机にうずくまって向かう意春の背中が見えた。

「あんた、あんた……」

お里季は意春の黒い法被に、二度、小さく声をかけた。

「うん？」

意春が振りかえり、髭面の疲れた顔をほころばせた。

お里季は竈の前に屈み、薪をくべた。

湯鍋の蓋《ふた》を取って、湯気がなかなか立たないのに焦りを覚えた。

六畳間から意春と母親と姉の抑《おさ》えた話し声が、低く聞こえていた。

何を話しているのかはわからないけれど、深刻な気配が伝わってくる。

ちらり、と意春へ目を投げると、意春は困惑顔になって額《ひたい》を指先でかいたりしている。

意春の妻でも、お里季が三人の中に加わる余地はなかった。

ただ、茶の支度をするために竈の前に、じっとしているのも妙な具合いだった。

どう振る舞っていいのか、わからなかった。

「おしの、お篠、ちょっとおいで」

「はい、はぃ……」

声がかすれるほど緊張した。

板敷から六畳間へ入り、意春の陰に隠れるように座った。

意春の母親と姉が、改めてお里季をまじまじと見つめている。

「構わないので、わたしの隣に座りなさい」

普段の意春は町人言葉を真似るのに、今は語調が少し侍ふうになっている。

お里季は頷いて、意春の隣の少し控えたところまで膝を進めた。

とても顔を上げられなかった。

「わが妻のお篠です。ありがたいことに仕事が忙しく、まだどなたにも披露《ひろう》はいたしておりませんが。わが母と、こっちがわが姉の美弥《みや》だ」

意春がにこやかに言った。

「篠でございます。お母上さま、お姉上さま、お初にお目にかかります」

声が上ずった。お里季は畳に額がつくほど頭を垂れた。

「斉年、あなたの身分は涌井家の部屋住みでも、また家は出ていても、主家の大久保家に仕《つか》える家臣なのですよ。家臣が主家の許しも得ずに勝手に妻を迎えることなどできるわけがないではありませんか。わかって言っているのですか」

姉の言葉がお里季の胸を鋭く刺した。

「わかっております。しかし実情におきまして、ご覧のようにわたしはもう浪人も同然、と申しますか、錦絵の町絵師です。大久保家の家臣とは言いがたい。何とぞ、お篠を妻に迎えるお許しを主家よりいただけるよう、ご配慮をお願いいたします」

「何を勝手を申しているのです。家臣であるかないか、それは殿さまがお決めになることとです。侍であるあなたが自分で勝手に浪人などと、そんなことは許されません」

はあ、さようで……と意春が言い澱《よど》んでいる。

お里季は頭を上げられなかった。

頭を垂れたまま、侍とはそういうものなのか、と感心して聞いていた。

「お篠、でしたね。顔を上げなさい」

母親が姉よりも落ち着いた口調で言った。

お里季は恐る恐る頭を上げた。

やっとまともに母親と姉の顔を、しかしひと目だけ見てすぐ目を伏せた。

よくはわからないけれど、母親も姉も武家らしく凛《りん》とした品格のある顔立ちをしていると思った。やはり武家の方々なのだなと。

「あの、お茶の、し、支度をいたします」

「それはわたしがするから、おまえはここにいなさい」

意春が言って立ち、お里季は母親と姉の前で身体をこわばらせた。

「お篠、あなたは武家ではありませんね」

お里季は小さく、「はい」と応えた。

「国はどちらですか」

母親の落ち着いた声が、覆《おお》いかぶさってくるようだった。

「さ、相模の、当麻《たいま》村でございます」

「ああ、相模川沿いの、当麻村ですか」

「代官所の支配地ですね」

姉が母親にひそと言い、「そうですね……」と母親が応えた。

「ならば、生まれは農家ですか」

「はい。貧しい百姓の生まれでございます」

「ご両親はご健在なのですか」

「い、いえ。わたくしが物心つく前に親兄弟は亡くなり、両親のことはよく知りません。わたくしは身寄りがなく、村で代官所の下役をしている方に引き取られ、十七歳まで村ですごし、それから奉公勤めをするために江戸へ出てまいりました。江戸では……」

お里季は、主に端女仕事を半季で勤めた江戸のお店の名を思いつく限り上げたが、鼓動が早鐘《はやがね》のように打ち、何を言ったのか覚えていなかった。

奉公を半季にしたのは、同じ店に長くいると見つかる恐れがあると思ったからだ。江戸へ出てから名前をお篠に変えた。

「ご両親が亡くなったわけは？」

「流行り病《はやりやまい》と聞いておりますが、わたくしは幼かったため、よく覚えておりません。ただ、わたくしひとりが生き残ったと教えられただけでございます」

「代官所の下役をしている方とは、代官所の手代ということですか」

「あの、そういう手代のお役人さまに従って近在の村を見廻る仕事をしておりました」

ああ――と母親と姉が声を揃《そろ》え、顔を見合わせた。

代官所には代官の下に元締がいて手附がいる。

代官は旗本であり、元締や手附までは御家人《ごけにん》である。

手附の下に代官所雇いの、たいていは農民の中の算勘《さんかん》の得意な者を手代に雇う。手代が支配地を廻るとき二刀を差すことが許される。武士のような者になる。

その手代らに従う下役とは、代官所の雇い人でもなく、道案内の番太《ばんた》や代官所に代わって近在の治安を維持するやくざ同然のいかがわしい手先である。

代官所より扶持《ふち》が支給されるわけではない。

番太は村ごとの雇いであり、番太が代官所の手先を務めるうちに、だんだんいかがわしい子分を抱え、土地の貸元《かしもと》となっていく場合が少なくなかった。

代官所は徴税が主要な役目で、代官所支配地域の治安を維持するのは代官所手代に率《ひき》いられた、そういう手先らの貸元だった。

貸元らの主な収入源は賭場《とば》である。

むろん、そういう賭場は代官所は見逃《みのが》す。

無法者は、無法者自身が取り締まった。

代官所とそういう者らは、つまり持ちつ持たれつだった。

母親と姉は、それがわかっているから「ああ」と顔を見合わせたのである。

お里季は目を伏せ、胸の鼓動を聞いていた。

当麻村の五郎治郎《ごろじろう》のことは思い出したくなかった。

「おめえはな、逃散《ちょうさん》した百姓が丹沢《たんざわ》の山奥で野垂《のた》れ死《じ》にした中で泣いてた浮浪児だ。それを可哀想だからおれが引き取って育ててやったんだ。おれは命の恩人だ。おめえはおれに一生かけて恩をかえすんだ。わかっているな」

浮浪児——と、五郎治郎は繰りかえし言った。

六つか七つだった。五郎治郎に拾われたときの様子を、お里季はぼんやりと覚えている。それから郷里は、山の中の雪の多い村だったことも。

十七の年、お里季は生まれ変わるために五郎治郎の元から江戸へ逃げた。五郎治郎のことは聞かれたくなかった。

すぎたときのことは、何ひとつ、聞かれたくなかった。

しかしお里季は、自分の素性《すじよう》を上手《うま》く言い繕《つくろ》う用意などしていなかった。

意春の母親は呆《あき》れたためか、お里季にそれ以上訊かなかった。

ただ、意春の妻には無理です、と思っているのかもしれなかった。

お里季自身、意春の妻でこのままいられるとは思っていなかった。

先のことなど、わかるはずがなかった。お里季にあるのは今だけだ。今が続いてほしいという願いと、狂おしい不安が渦巻《うずま》いているだけだった。

意春が茶の支度をし、二人の前に茶碗を置いた。

「お篠、おまえもお飲み」

と、お里季の前にも茶碗を置いた。

「ありがとう」

お里季はささやき声で言った。

母親がお里季の仕種に目をそそいでいる。

お里季は生唾《なまつば》を飲みこみ、それから渇いた喉《のど》を潤すために温かい茶をわずかにすすった。

「あの絵は、あなたが描いたのですね」

母親が茶碗を取って、組立のびいどろ鏡の隣の少し上の壁にさり気なく架けた錦絵へ顔を向け、意春に言った。

「はい。三年前、地本問屋に初めて売れた絵です。この絵がきっかけで仕事が増え、母上にこっそり無心せずとも生きていけるようになりました」

意春は暢気《のんき》な笑顔を浮かべている。

「こちらのお篠が、手本だったのですね」

「そうです。お篠のお陰です」

「父上もこの絵を持っていらっしゃいますよ」

「え？　父上がですか。まずいな」

暢気な顔が、悪戯《いたずら》を見つけられた子供みたいなしかめ面になった。

「こんな絵を描きおって、と仰っていました」

「でしょうな」

そう応えて、顎の無精髭を撫《な》でた。

「でも、捨てもせず、大事に仕舞っていらっしゃいます。こうも仰っていましたね。色遣いといい線といい構図といい、どれも見事だと。兄の斉行《なりゆき》よりも斉年には絵の才がある。惜しい、と」

意春は肩をすぼめ、決まりが悪そうに膝を撫でている。

母親は茶をひとすすりして茶碗を置いた。そして、

「姉さんの言うとおり、あなたは武家に生まれた侍なのですから、侍に勝手な振る舞いが許されないのは、わかりますね」

と言った。

「これから先、錦絵の絵師として生きるにせよそうでないにせよ、一度、小田原へ戻り、侍らしく父上ときちんと話をなさり、必要ならその手続きを踏んで様々な許しを得なければなりません。今のまま、煩《わずら》わしい事情から逃げて、絵だけ描いて暢気に生きていければいい、というわけにはいかないのです。侍には侍の身の処し方があるはずです」

「はあ。ですがまた、父上は腹を切れと仰るのではありませんか」

「父上に腹を切れと言われたら、腹を切るのが侍でしょう。それが侍の定めなのですから、仕方がないではありませんか。ねえ、お篠、お百姓にはお百姓の定めがあるように、侍には侍の定めがあると、あなたもそう思うでしょう」

お里季はうな垂れたまま頷いた。

言外に、だから身を引きなさい、と言われている気がした。

確かに三年余のときは長すぎた。

意春と廻り合い、自分でも信じられないほどの幸せを一日一日、嚙《か》みしめて生きてきた。いつかは終わると知りながら、ずっと続いてと願いながら……

そうしてそのときがきたのだと、お里季は悟った。

終わりはすでに始まっていた。


母親と姉が帰り支度をして土間に立った。見送ろうとする二人を、

「ここで結構です」

と、母親はきっぱりと言った。

お里季は、板敷に畏《かしこ》まる意春のやや後ろに控え、手をついていた。

「斉年、いいですね。ちゃんとけじめをつけるのですよ。承知しましたね」

母親が繰りかえし、意春は仕方なさそうに「はあ」と頷いていた。

だが、母親と姉はすぐに踵《きびす》を返さなかった。

板敷に手をついたお里季は、上からそそがれる視線を覚えて身を固くした。

「お篠……」

と、母親の少し語調のやわらいだ声が言った。

「はい」

「あなた、お腹にややがいるのではありませんか」

母親の言葉に、お里季はうな垂れたままだった。

「まことか、お篠、まことに子供ができたのか」

意春が大声で訊きかえした。

「そうですね」

お里季はわずかに頷いた。

「やはり……今はどれぐらいなのですか」

「み、三月《みつき》になります」

小声で応えた。

「まあ。斉年、あなたは気づかなかったのですか」

「あ、はあ。お篠が何も申しませんし」

意春は総髪の頭を、照れ臭そうにかいた。

「難しいことになりました。一刻でも早く父上と話し合いを持ち、ゆく末のことを決めなければなりません。あなたがきちんとしないと、周りの者に迷惑をかけ、みんなが苦しむことになるのです。しっかりしなさい。父上がお待ちですから。わかりましたね」

二人が辞去した後、背のひょろりと高い意春がお里季をいきなり抱き締めた。

「お篠、でかした。おれの子が生まれるのか。めでたいぞ。そうだ。今日は御膳一流の《翁寿し《おきなず》》の仕出しを頼もう。二人で祝《いわい》をしよう」

翁寿しは隣町の村松町《むらまつ》の一流の仕出し料理屋だった。

お里季は、うんうん……と頷いたものの、

「でも、あんた。ちょっと待って」

と、無邪気に喜ぶ意春の長い腕をほどいた。

「どうした。お篠はわれらの子ができて嬉《うれ》しくないのか」

「嬉しいわ、とっても。意春さんの子ができて、こんなに幸せな気持ちになったのは初めてよ。泣きたくなるくらい嬉しいの。だから、あんた、母上さまの仰ったとおり、父上さまのところへ一度戻って、父上さまにお願いしてきてちょうだい。生まれてくるわたしたちの子のために、わたしたちが本当の夫婦《めおと》になれますように、許しを得てきてちょうだい。ねえ、お願い。そうして」

「そりゃあそうだ。生まれてくる子のためにそうしなければな。わかった。《仙《せん》鶴堂《かくどう》》さんの仕事が一段落したら、小田原の父に会って話をつけてくる。大丈夫だ。必ず父を説得して、お篠と晴れて夫婦になる」

お里季は涙を堪えかねた。

「泣くことはない。心配はいらない。父はきっと許してくれるさ。許さなければ武士なんぞ……」

「ううん、そうじゃないの。嬉しくてなの。仙鶴堂さんの絵はいつできるの」

お里季は頬に伝わる涙を拭《ぬぐ》った。

「半月ほどで終わる。そしたら十日ほど小田原へいってくる。身体を大事にして、待っていてくれ」

わかったわ――と、お里季は意春の胸にすがった。

あと、半月で終わるのね。ありがとう。本当に、楽しい幸せな日々だったわ。

意春がお里季を、再び力強く抱き締めた。

つくつくぼうしの鳴き声が聞こえる。

つくつくいとおしい、つくつくいとおしい……

なんて悲しい鳴き声なんだろう、とお里季は思った。

四

翌朝、龍平は北町奉行所の奉行用部屋へ呼ばれた。

朝五ツ（午前八時頃）の登城前の奉行・永田備前守《ながたびぜんのかみ》と年番方《ねんばんかた》筆頭与力《よりき》の福澤《ふくざわ》兼弘《かねひろ》が龍平を待っていた。

連日の残暑が勢いを潜《ひそ》め、少し秋めいた心地よい朝だった。

南側の腰障子が開かれ、縁廊下越しの中庭に夾竹桃《きょうちくとう》が朝日の下で葉を茂らせている。

中庭を隔《へだ》てた渡り廊下の屋根の棟に目白《めじろ》が淡い黄色の腹を見せて列を作り、ちいちい……と、とき折り鳴き声を立てた。

十人の用部屋手附同心の咳払いや執務の合間に交わすひそひそとした声が、龍平の背中の方より聞こえてくる。

「日暮、近ごろはどうだ。何か変わった出来事はないか」

奉行が珍しく、のどかに声をかけた。

「はい。わたくしがお奉行さまにご報告するほどの事案は、ここのところございいません」

「ということは、その日暮らしの雑用掛《がかり》を言いつけられ、また退屈な日を送っておるわけだな。ふっふっふ」

「退屈ではございません。仕事がない方が退屈でございます」

龍平は奉行に笑みをかえした。

奉行と福澤が顔を見合わせ、ふっふっ、と笑い声をこぼした。

貧乏旗本の部屋住みの身が町方同心の日暮家へ婿入りし、義父・達広の番代わりに町方同心に就いて足かけ九年になる。

二十三の歳《とし》と旗本の血筋を考慮され、当分見習は許されいきなり本勤並《ほんづとめなみ》の平同心から始まったが、三十一歳になった今も龍平は平同心のままだった。

平同心だから、雑用が何かと龍平に押しつけられた。

警備役、見分役、宿直役、などなど誰か病欠が出ると、「日暮、頼んだぞ」と雑用掛は日暮にやらせとけ、というような風潮ができあがってさえいた。

日々の雑用掛で一日を務める、

《その日暮らしの龍平》

と、綽名《あだな》がつけられたことは知っている。

しかし龍平は、それが少しも不快ではなかった。

はは……日暮ではなくその日暮らしか。面白いことを言う。

と、そんな綽名を面白がる男だった。

日暮は妙な男だ。雑用をやらせたら、あの旗本にかなう男はいないね。

龍平の旗本の血筋に揶揄《やゆ》をにじませて、一部の朋輩《ほうばい》らは陰で笑っている。

去年、奉行の永田備前守に龍平の綽名が伝わった。

「小野派一刀流の腕前を持つ元旗本か。そんな男がいたのか」

と、奉行の最初に目に留まった一件が、《海蛇《うみへび》の摩吉《まきち》》率いる旅の強盗団一味の捕縛《ほばく》だった。

海蛇の摩吉一味の捕縛に、龍平は手柄を立てた。

だが奉行所の多くの朋輩らは、龍平が手柄を立てたとは思っていない。

なぜなら、龍平は雑用で一日を終えるその日暮らしの龍平だからである。

ただ、奉行をはじめ年番方筆頭与力の福澤ら奉行所上層部は、龍平の抜群の能力に気づいていた。

「日暮は面白い男だ。あの男には、もっと難しい仕事をやらせたい」

奉行は福澤らにそう言ったそうだ。

その日、奉行は機嫌がよかった。口元をゆるませ、

「おぬしに仕事を申しつける」

と福澤へ目配せし、福澤が「では」と応じた。

「日暮は、廻《まわ》り方《かた》の南村種義《のうむらたねよし》が病欠しておるのは知っているな」

「はい。数日前より病欠とうかがっております」

「なんの病《やまい》か、知っておるか」

「存じません」

南村の病欠が噂《うわさ》になっているのはわかっていたが、龍平は噂話の中に加わらないようにしていた。人の煩いをあれこれ詮索《せんさく》し話の種にするのは、気が進まなかった。

「江戸煩いだ」

福澤があっさりと言った。

「江戸煩い、脚気《かっけ》ですか」

「まあ、篤疾《とくしつ》ではなさそうだが、しばらくかかる」

奉行が言い添えた。

脚気はおよそ百年前の享保《きょうほう》の時代、江戸で大流行《おおはやり》した奇病だった。

江戸煩いと言われたわけは、出府した諸家の勤番侍や奉公人が脚気の症状を呈《てい》し勤めができず、暇《いとま》をもらって江戸を去り箱根《はこね》を越えると、自然に治癒《ちゆ》する場合がたびたび見られたためだった。

しかし、近年では京、大坂でも脚気が流行していると聞いている。

「脚気で廻り方を務めるのは難しい。治癒して復帰したとしてもな」

と、福澤が続けた。

「おぬしが、しばらく南村の代わりを務めよ。南村の今後の病状にもよるが、当面、日暮に定町《じょうまち》廻り方を申しつける。今日にも南村から仕事を引き継げ」

定町廻り方、臨時《りんじ》廻り方、隠密《おんみつ》廻り方、この三廻り方は奉行直属である。

通常、廻り方は、《背中へ胼《ひび》をきらした》と言い表わすくらいの経験者が務める役目だった。三十一歳の龍平では、《背中へ胼をきらした》勤め人から見ればまだ洟垂《はなた》れ小僧も同然だった。

だいいち、雑用掛の平同心、である。しかし、

「日暮、励《はげ》め。期待しておるぞ」

と、奉行が口元をまたほころばせた。

「承知いたしました」

龍平は奉行と、そして福澤へ頭を垂れた。

同心詰所へ戻り、寛一《かんいち》に至急奉行所へくるように使いを出した。

寛一は神田竪大工《たてだいく》町の請人宿《うけにんやど》《梅宮《うめみや》》の主人・宮三《みやぞう》の倅である。十六歳のときから龍平の手先を務め、この春、十八歳になった。

寛一の父親・宮三は五十歳をすぎたばかりの神田生まれの神田育ち。巷間《こうかん》の裏表に通じ、広い人脈と才覚、男気と度胸で世間を渡ってきた苦労人である。

実家の沢木家に龍平が子供のころより出入りしていて、龍平の父親を《殿さま》と呼び、子供の龍平を「坊っちゃんには見どころがある」と可愛がった。

龍平に町方同心の家へ婿入り話がきて親類縁者が反対する中、「……今は町方は江戸の花形ですぜ」と背中を押し、町方同心に就いた龍平を陰に日向《ひなた》に助け、右腕、また知恵袋となって働いてきた有能な手先だった。

倅の寛一は《龍ちゃん》と龍平を呼んで、歳の離れた兄のように龍平を慕い、三年前から父親・宮三とともに龍平の手先を務めている。

寛一を待つ間、龍平は言上《ごんじょうちょう》帳を繰《く》った。

言上帳は廻り方には殊《こと》にかかわりが深く、盗難、変死、殺し、喧嘩、強請《ゆすり》恐喝、掏摸など、一日に起こった諸々の刑事に関する一件を記載した帳面で、奉行は言上帳の報告によって、江戸市中の様子を把握するのである。

言上帳を見る限り、南村の掛でここ数ヵ月の間に起こった難しそうな事案は見当たらなかった。

痴情のもつれによる刃傷《にんじょう》騒ぎ、親子喧嘩、近所同士のもめ事、けちな地廻りの恐喝、空き巣、掏摸、花町の客の呼んだ芸者が気に入らず暴行、やくざ同士の縄張り争い、夜更《よふ》けの押しこみ、老舗《しにせ》へのたかり、詐欺……

ただ一件だけ、半月前の七月中旬、神田堀の八丁堤で、追剝強盗と思われる殺しが起こっている。

その殺しのほかは、難しそうではない分、細かな配慮や裁量を働かせなければならない事案が次々と並んでいた。

どれくらい片づいているのか、南村本人に確かめる必要がある。

背中へ胼をきらすか。なるほど。これは宮三親分の知恵を相当借りることになりそうだ――龍平は言上帳を繰りながら、ひとり頷いた。

と、不意に肩を叩かれた。

振りかえり見上げると、定町廻り方の石塚与志郎《いしづかよしろう》と春原繁太《はるはらしげた》が龍平の後ろからのぞきこんでいた。

大食漢でよく太った大柄な石塚が、目を細めて笑っている。すぐ愚痴をこぼすので《泣きの春原》と綽名されている痩せたいかり肩の春原は、泣き出しそうなのか笑い出しそうなのか見分けのつかない情けなさそうなぎょろ目で、龍平を見下ろしていた。

「よう、龍平。いよいよ実力発揮だな。南村さんの後継を任されたって聞いたぜ。若くて生きのいい競争相手が現われたので、こっちもおちおちしてられねえぜ。なあ春原。あははは……」

石塚が春原の痩せた背中を、どん、とどやし、同意を求めた。

「まったく、日暮は上の覚えがめでたくていいねえ。その若さで定町廻り方なんぞ、なかなかないよ」

春原はよろけつつ、皮肉っぽく言った。

悪意はないが、ひがみっぽいのが皮肉に聞こえる。

二人は端座《たんざ》する龍平を、左右から挟《はさ》むように胡座《あぐら》をかいた。

「やっぱり旗本の血筋が、お奉行さまはお気に入りなんだな」

「馬鹿言うな。旗本だからって定町廻り方が簡単に務まるかよ。龍平が南村さんの後継に抜擢《ばってき》されたのは、日ごろの仕事ぶりが認められたからだ。旗本の血筋は関係ねえ。なあ龍平」

石塚は、龍平を《その日暮らしの龍平》などとからかわない数少ない先輩のひとりだった。

「南村さんの病欠の間だけ南村さんの担当を見廻るのです。代役です」

「今はそうでも、お奉行さまはいずれ龍平を定町廻り方に就《つ》ける腹なのさ。だいたいがだ、南村さんの病は江戸煩いって言うぜ。知ってたかい」

「先ほどうかがいました」

「つまり脚気だ。あれは厄介だ。なんで脚気になるのか、わけがわかんねえときた。病から癒えてもすっかり回復するまでにはときがかかるし、廻り方が務まるかどうかもわからねえ」

春原が口をへの字にして同意した。

「ま、南村さんもお出入りのお店でずいぶん溜めこんだって噂だから、廻り方から内勤に役目替えに、そろそろなってもいいんじゃねえか。あははは……」

「だよな。同じ廻り方でも、おれは南村さんほど現金にはできねえ」

「その意味じゃ、あの人はわかり易いっちゃあ、わかり易いよな」

「南村さんは大店《おおだな》か老舗しかお出入りしねえ、お店を選ぶ人って噂も聞いたな。一流好みだってな」

石塚と春原は龍平を挟んで、声をひそめて言い合った。

それから龍平の定町廻り方の就任祝いをやろう、という話になって、

「とにかく、しっかり務めな。何かわかんねえことがあったら、いつでも遠慮なく訊いてくれ」

と、二人が立ち上がりかけたとき、ふと、龍平は春原が錦絵を蒐集《しゅうしゅう》している数寄者《すきしゃ》らしいという評判を思い出した。

「春原さん、錦絵師のことで少々おうかがいしたいのですが」

「錦絵師？」

不平不満を抱えていそうな顔つきを、春原は珍しくほころばせた。

石塚は、「おや？」と訊き直し、二人は上げかけた腰を下ろした。

「風景画、役者絵、相撲《すもう》絵、美人画、旅景色物、錦絵師はいろいろだが、どういう絵師だい」

「涌井意春という美人画の絵師です」

ああ、と春原がうなった。

「美人画とは、嬉《うれ》しいじゃねえか。龍平は亀島小町《こまち》の女房のお麻奈ちゃん一本槍《やり》だと思ってたがね。あははは……」

石塚の声が大きいので、龍平は少し照れた。

「涌井意春の名前を知っているとは、日暮も隅に置けないぜ。涌井意春は数寄者の間じゃ今一番評判の若い美人画の絵師だ。まだほんの二、三年前、てめえの美人の恋女房を絵にして颯爽《さっそう》と一枚絵の世界に登場した新人だ。おれたち数寄者の間じゃ、間違《まちげ》えなく大家《たいか》になる素質、と言われている」

春原の顔つきが引き締まった。情けない顔ばかりではなかったのだ。

「ほお、そんなに腕の立つ絵師かい」

「初めて意春の絵を見たとき、おれは吃驚《びっくり》したね。こんな美人画を描く絵師が出てきたのかってね。女房はお篠ってえんだがな。水汲《く》みをする女、雪景色の新道をゆく女、廓《くるわ》の弁柄《べんがら》格子から朝焼けを見つめる女郎、脹脛《ふくらはぎ》を浴衣《ゆかた》の裾からのぞかせ素足を拭《ぬぐ》う女、どの女も女房のお篠を手本にして、これがまた哀愁《あいしゅう》たっぷりでよ。しかもぞくぞくするような色気にあふれている」

春原の入れこんだ言い種《ぐさ》に、石塚がにやついて訊いた。

「意春たあ、どこの男だ」

「相州《そうしゅう》の小田原だ。もしかしたら小田原の大久保家の家人で、涌井なんとか言うお抱え絵師の倅じゃねえかな。お篠と添いとげるために家を捨て身分を捨てて駆け落ちして、身すぎ世すぎのために女房を手本に絵を描き始めたとかなんとか、噂はいろいろある」

「そのお篠って恋女房は、どういう女なんだ」

「お篠の素性はわからねえ。ごく身分の低い百姓の娘らしい……」

「ほお、身分違いの二人の仲が許されなかったので駆け落ちかい」

「噂だ。嘘かまことかは定かじゃねえ。ところで、日暮がなんで涌井意春なんだ。涌井意春となんぞかかわりがあるのか」

「かかわり、と言えるほどではないのです……」

龍平は昨日、橘町の涌井意春の住まいを訪ねた経緯《いきさつ》を話した。

「それでどういう絵師なのかなと、思ったのです。それだけです。しかし、それほどの絵師にいろいろ訊いてしまい、失礼だったかな」

「そうか、涌井意春たあそういう男だったのか。意春に会ったってえのは羨《うらや》ましいなあ。ということは、女房のお篠にも会ったんだろう」

「そもそもが、お篠さんに礼を伝えるのが目当てでしたから」

「ど、どんな女だった」

春原が目を剝《む》き、身を乗り出した。

「春原さんの仰ったとおりです。肌が抜けるように白い薄桃色で、最初に顔を合わせたときは美しさに思わず、はっとさせられました。しかし、美しい中にも、ふと、物悲しい表情を見せましてね。その儚《はかな》げな様子に胸を締めつけられました。住まいに飾ってあった美人画を六歳の倅が見較べても、この人だとわかるくらいでした」

なるほどなあ――というふうに、こくり、と春原が頷いた。

「ただわたしには、本人は絵からうかがえる姿より少し小柄で童女の面影《おもかげ》を残していて、身体《からだ》つきも締まった俊敏な様子に見えました。意春さんは若い妻を見た目以上にふくよかな、年増に描いているようです」

「それが絵師の腕だ。見えている以上の女の気立てやら情やら本心やらを引き出すからこそ、一流の絵師なのさ。二流や三流が真似たってできるこっちゃねえ。日暮、次に涌井意春の住まいを訪ねるときはおれも連れていってくれよ。意春に会って話が聞きてえし、女房のお篠も見てみてえ」

隣の石塚が春原の数寄者ぶりに呆れて、噴き出した。

五

病に伏せって、白髪の雑《ま》じった月代《さかやき》や髭が伸びているせいもあるが、布団《ふとん》の中で上体を起こした南村種義は、この季節にはまだ早い布子《ぬのこ》の半纏《はんてん》を肩にかけていて、その丸めた背中がひどく年寄りじみて見えた。

歳はまだ五十に届かないはずだった。

だが、半纏の下に寝間着代わりに着た白い肌着の前襟が力なく開き、骨張って瘦せた胸の茶色い肌に、しみがところどころに浮いていた。

「……だいたいそんなところだ。日暮が細々《こまごま》と動く必要はねえ。これまでのところはみな手を打ってある。あんたはどっしり構えて、報告を待っていればいいんだ。その報告次第によって、もう一度当人を呼んで話を聞くか、あんたの手限《てぎ》りで決着をつけるか、あるいは牢屋敷にぶちこんで詮議《せんぎ》役に廻すか、そこのさじ加減が廻り方の難しいところだ」

南村がいがらっぽい咳をし、龍平が訪れたときに女房が出した茶を、骨張った喉を震わせて飲んだ。

それで龍平も枕元に端座したまま、冷えた茶で唇を湿らせた。

そこは六畳の寝間で、庭側の腰障子が両開きに二尺（約六〇センチ）ほど開けられ、濡れ縁の向こうの庭に日が落ちている。

龍平の組屋敷と似た造りだが、少し湿っぽい部屋だった。

残暑がやわらいだ午前の涼気が、庭の方からゆるやかに流れてきた。

言上帳に記した南村の掛の中で片のついた事案とまだついていない事案を確かめ引き継ぐために、南村の組屋敷を訪ねたのだった。

「くだらねえ一件を訴状に載せたりすると、詮議役から苦情がくる。そんなことぐらいそっちで始末できねえのかと、盆暗《ぼんくら》みたいに言われるのさ。といって、これぐらいなら手限りでと解き放ったのが、あとでとんでもねえ失態になることもある。ふん、要するに、経験と勘を働かさなきゃあならねえ」

南村は廻り方の心得を説きつつ、廻り方が働かせる気配りをほのめかした。

「老婆心《ろうばしん》で言うが、日暮の歳で定町廻り方はかなり難しい役目だ。下手をすると、あんたの町方の経歴に瑕《きず》がつく。そんなことにならねえようにおれが教えてやるから、遠慮なく訊きにきな」

「わかりました。わたしの判断がつかない事案については、南村さんにうかがい、そのうえで始末を決めることにいたします」

「そうした方がいい。おれの手先に蔵六《ぞうろく》という気の廻る男がいる。腕のいい手下を沢山抱えた重宝な男だ。これまでの始末のついていない事案は、おおかた、蔵六からその都度《つど》報告が入る手筈《てはず》だ。蔵六を使ってやってくれ」

ああ、あの男か、とむろん蔵六の顔に見覚えはある。

「承知いたしました。始末のついていない事案はこれまでどおり、蔵六に任せることにいたします。ただ、半月前、殺しが一件ありましたね」

龍平が言ったとき、南村がいがらっぽい咳をまた繰りかえした。

「日暮、すまねえが障子を閉めてくれねえか。寒気がする」

「はい」

龍平は濡れ縁との仕切りの障子を閉めて枕元へ戻り、

「背中を、さすりましょうか」

と、南村の容体を気遣った。

「いや、いい。足が痛だるくってな。くそ、厄介だぜ、まったく」

南村は、布団の下で足をさすりながら言った。

「半月前の、神田堀の殺しの一件だな。ありゃあ、懐《ふところ》を狙った単純な流しの追剝の仕業だろう。あの日の当番は鈴本左右助《すずもとそうすけ》だったので、鈴本にやらせているが、まだ調べに目ぼしい進展はなさそうだ。まあ、流しとなると難しいからな。あの一件はときがかかるのは仕方ねえ」

南村の掛の殺しだが、南村の指図の下、実際の調べは若い同心の鈴本が当たっているのだろう。突発の一件が起こったとき、当番方や手すきの同心が出動して、調べに当たる場合はよくあることである。

鈴本は龍平が二十三歳で本勤並に就いた折り、まだ十七、八歳の見習だった。奉行所のことを何も知らない龍平は、格は本勤並が見習の上だったが、鈴本に頭を下げていろいろと教えを乞《こ》わねばならなかった。

鈴本は今、二十五、六歳のはずである。

龍平も鈴本も今は本勤になっていて、鈴本は非常警戒掛の役に就いている。

「では、その一件は鈴本さんに訊《たず》ねます」

「ああ、そうしてくれ。だがな、日暮、廻り方はひとつの件に長々とこだわっているわけにはいかねえ。どっかで踏ん切りをつけなきゃあならねえ。その見極めを間違えると面倒なことになって、身動きが取れなくなる。人にどうやらせるかが腕の見せどころだ。上手くやりな。ああ痛《いて》え……」

南村は足の具合いが悪そうに顔をしかめた。

布団が苛立《いらだ》たしげに小刻みな波を打っている。

「心得ました。ほかに何か、引き継ぐことはありますか」

そろそろ暇をするつもりで言った龍平に、南村が無精髭の生えた口を尖らせ物思わしげな顔つきを向けた。

「は、まだ何か」

「日暮は、大店や老舗が廻り方にお店へお出入りを願う、というのは知っているかい。つまり、お店がいかがわしい破落戸や性質《たち》の悪い読売《よみうり》にたかられたり強請られたりして商いに障りを生じる事態を避けるために、廻り方にお出入りを願い、その手の輩《やから》へ睨みを利かすわけさ」

「話には、聞いております」

「強請たかりだけとは限らねえ。お店の起こした不祥事なんかも穏便《おんびん》に事を収める、もみ消す、とかもある。廻り方にはそういうお出入りを頼まれるお店が何軒かある。だいたい、月々の決まった日に、そこらへんのお店へ、変わったことはねえかい、と顔を出す。するとお店の方は、何かがあろうがなかろうが、お出入りご苦労さまでございます、と大人の対応をする」

南村は具合いの悪そうなしかめ面に戻って「わかるだろう」と言った。

「わかります」

「ところがこのざまだ。今月はまだ、そこらへんのお店に、顔が出せていねえわけさ。そこに手文庫がある。ちょっと取ってくれ」

部屋の一隅に小簞笥があり、その上の手文庫を南村が指した。

龍平が手文庫を枕元に置くと、南村は妙にすべすべした綺麗な手で手文庫を開け、幾つかに折り畳んだ半紙を出し、龍平へ手渡した。

「そこにおれがお出入りを頼まれているお店が記してある。日暮、遣いを頼まれてくれるかい。そこのお店に顔を出してほしいのさ。南村の代理だと言えばいい。お店が心得て勝手に例の物を渡してくれる。中には受け取りをくれというお店もあるが、ちょいちょいと名前を入れるだけで終わりだ」

龍平は紙を開き、表店の町名と屋号を読んだ。

みな日本橋北界隈から両国方面にかけての老舗ばかりだった。

「急いじゃいねえ。見廻りのついでに顔を出せばいい。二、三日で廻れるだろう。むろん、ただとは言わねえよ。女房に新しい着物のひとつや二つ、拵えてやれるぜ。な、頼んだぜ。ふふん……」

南村はしかめ面のまま、鼻先で笑った。

南村さんほど現金にはできねえ、と春原が言っていたくらい、南村の現金ぶりは奉行所では評判だった。

生臭い話が龍平の気を、ずしりと重くした。

龍平は紙を折り畳み、それを南村の枕元へ戻した。

南村がしかめ面の間から龍平へ、訝しげな一瞥《いちべつ》を寄越した。

「お店の名は全部覚えました。どれほどのことができるか自信はありませんが、やってみます」

それでは——と、部屋を出る龍平の背中に南村が言った。

「それからな、蔵六は両国の《内海《うつみ》》という酒場に暗くなりゃあたいていている。やつの女にやらせている酒場だ。そこへいけば会える。ああ、くそお、自分の身体じゃねえみてえだ。日暮、見送りはしねえぜ。具合いがよくなったら、そのうち一杯やろう」

振りかえると、南村は布団の下で足をさすりながら苦い顔を見せていた。

龍平は一礼をかえし、部屋を後にした。

六

南村の女房が表口まで見送った。

「寛一、待たせたな。いくぞ」

寛一は表口の軒下で、欠伸《あくび》をひとつしたところだった。

「へい、旦那《だんな》。あっしゃあ退屈で退屈で……」

と言いかけてまた欠伸をした。

「では、いよいよ見廻りの始まりですね」

「ふむ。見廻りついでに野暮用がある。もっと退屈するかもしれないから、そのときは遠慮なく居眠りしてろ」

「ええ？　意味深な。そいつぁ、居眠りしていた方がいいという意味で」

「ふむ。居眠りをしなくとも、目はつむっているのがいいかもしれん」

八丁堀から日本橋南の大通り、大高札場をすぎて日本橋を渡った。

本《ほん》町の二丁目と三丁目の辻は、江戸一番の目抜き通りが東西南北へ通じている。様々な大店老舗がずらりと軒を並べ、本屋、紅白粉屋、江戸前鰻《うなぎ》の蒲焼《かばやき》、寿し屋、菓子所、御膳料亭、蕎麦《そば》仕出し、など暖簾《のれん》を下げ看板を掲げている。

龍平と寛一は、夥《おびただ》しい人通りの中を両国方面へ折れた。

朝は涼しかったが、昼をすぎると残暑がまたぶりかえしている。

龍平は途中の自身番へ顔を出し、当番や店番に「しばらく南村さんの代役を務める」と、顔つなぎをして廻った。

通常は、自身番の外から「町役人、変わったことはないか」と声をかけるだけである。

町役人たちは低頭しつつ、代役とはいえ若い龍平を見上げ、「ちょいと頼りなさそうなのが、廻り方になったよ」と、みな意外そうに顔を見合わせた。

定町廻り方には廻り方の見栄《みば》え、貫禄が求められた。

何事もなく自身番の顔つなぎと見廻りが続き、大伝馬町《おおてんま》に《鼈甲櫛 笄 簪 細工所《べっこうくしこうがいかんざし》》の看板を屋根に掲げた最初のお店《井本屋《いもとや》》の、紺地に井本の屋号を抜いた長暖簾を払った。

前土間に入って店の間へ「ごめん」と声をかけた。

小綺麗な店の間の棚に、見本らしき金物簪類、さし針、蒔絵《まきえ》物などが並び、渋い内装が落ち着いた老舗だった。

「おいでなさいませぇ」

手代と小僧の声が応え、帳場格子の男が店の間の上がり端まで小腰を屈めて出て応対した。

「お役目ご苦労さまでございます」

男はお仕着せの長着《ながぎ》で、前垂れをかけていなかった。

「北御番所定町廻り方の南村さんの代役で、町内の見廻りをしておる、同じく北御番所同心の日暮と申す。ご亭主にお取り次ぎを願いたい」

「南村さまの代役の、北御番所の日暮さま、でございますか」

男は上がり端から慇懃《いんぎん》な仕種で龍平を見上げた。

しかしどことなく訝しんでいるふうである。

「ただ今主人に伝えてまいります。少々お待ちを願います」

阿吽《あうん》の呼吸ではなかった。

男は龍平に上がれともかけろとも言わず、店の間奥の半暖簾が下がった出入り口へ足早に消えた。

店には三組ほどの客が入っていて、手代とやり取りしている客もいれば、棚に並べた品物をのぞいている客もいる。

龍平と寛一は、客の邪魔にならぬよう、前土間の隅に寄った。

「旦那、なんか妙な気配ですね」

寛一がささやいた。

「寛一もそう思うか。じつはわたしもだ。すまん。居眠りしていてくれ」

「ははぁん、ここで居眠りをするんですね」

寛一がささやき声でからかった。

主人らしき男と先の男が、奥の暖簾をわけて出てきた。

龍平に一瞥を投げ、二人は小声で言い交わした。

先の男は帳場格子へ戻り、身体を屈めて白紙に金を包むのが見えた。

龍平は、背中に冷や汗が噴くのがわかった。

四十代後半と思われる主人が上がり端に着座し、両手をついた。

龍平は膝に両手を当て、少し腰を屈めた。

「お役目ご苦労さまでございます。日暮さまでございますね。お初にお目にかかります。井本屋の覚左衛門《かくざえもん》でございます。こちらはお客さまがいらっしゃいますので、どうぞ、お上がりくださいませ」

「仕事中、申しわけない。数日前より、南村さんが病に伏せっており、わたしが代役で見廻り役を申しつかった。まだ見廻りをせねばならんのでここにて。本日は、南村さんより井本屋さんのお店へ寄るようにと指示を受け、うかがった。寄ればご主人が心得ておられると」

　やっと言い、額にもにじんだ汗を指先で拭った。

「南村さまが伏せっておられますのは、うかがっております。お早いご回復をお祈り申しております。ところで本日は蔵六さんはいらっしゃいませんね。御番所の中間《ちゆうげん》の方もお連れではないようで……」

　後ろの寛一へ目線を流し、にこやかに言った。

「蔵六は南村さんの手の者だ。この男は寛一といい、わたしの手の者だ。お見知り置きを」

「お見知り置きを」

　寛一が言った。

「なるほど。お役人さまがお若いと下でお働きの方もお若くて溌溂《はつらつ》としていらっしゃる。元気でよろしゅうございますなあ。はっはっは」

「旦那さま、これを」

　帳場格子で白紙の包みを拵えていた男が、主人の後ろへきて包みをそっと差し出した。

「うん、そうか。置いといておくれ」

「お茶はいかがいたしますか」

「いや、お急ぎのようだから……」

男は主人と言葉を交わし、「ごゆっくり」と龍平へ一礼して帳場へ戻った。

「じつは一昨日《おととい》、蔵六さんがまいられましてね。南村さまが病に伏せっておられることをうかがい、吃驚《びっくり》いたしました。蔵六さんは御番所のお役人さまとご一緒でございました。鈴木左右助さまでございます」

主人はにこやかさを失わず、言った。

「蔵六さんが仰いますのには、南村さまが病に伏せっておられます間は鈴木さまにわたしどもへお出入りいただき、南村さまへのわたしどものお託《ことづ》けをお預かりいただくということでございましたので、南村さまへの月々のお礼とお見舞いを少々、お預かりいただいた次第でございます」

龍平は言葉を失っていた。喉が渇き、生唾を飲みこんだ。

「むろん、日暮さまにもわたしどもにお出入りいただければ、心強うございます。これはお出入りいただいたわたしどものお礼の気持ちでございます。何とぞお納めくださいませ」

　主人が白紙の包みを差し出した。

　龍平は唇を結び、目をしばたたかせた。

　店の客や手代らがこちらを見ている気がした。

「ご主人、わたしはただの遣いだ。いや、見廻り役はまことだが、そういうことであれば、南村さんがなんぞ勘違いをしていたと思う。この件については南村さんが改めてご主人に説明されるだろうから、わたしはこれにて失礼する。お邪魔いたした」

「さようでございますか。ですが、これは何とぞお納めくださいませ。わたしどもの気持ちでございます。南村さまではなく日暮さまに……」

「わたしは遣いだから、これはいただくわけにはいかない。失礼いたした。忘れてくだされ。いくぞ、寛一」

　龍平はくるりと踵を返した。

「へい、承知」

　寛一のいつものはずんだ声が、ほっとさせる。

　日暮さま、お待ちください、日暮さま……

背中に主人と手代の声がした。

龍平は暖簾を払って、大通りの人通りにまぎれ、足早に歩いた。

はあ——と、溜息《ためいき》をもらした。

慣れぬことをすると恥をかく。子供のころからそうだ。何をやってもうまくいかない。次々と悪いことが重なる。

そうだったよな、おれは——龍平は子供のころを思い出した。

澄まして表は取り繕ったが、内心はいつも火の海だった。

「旦那ぁ、旅籠《はたご》町の自身番を通りすぎてしまいましたぜ。こっちこっち」

寛一に後ろから袖を引かれ、龍平はやっと周囲の人通りが見えてきた。


その通りには、井本屋のほかにもう二軒、都合三軒の南村の《お出入り》を願われている表店があった。

その二軒ともに、蔵六と鈴本が一昨日すでに顔を出していた。

三軒目のとき寛一が、

「ここもいくのですか」

と、珍しく不満そうに言った。

「南村さんに言われたんだ。ここもそうなら、おそらくどこも一緒だろう。この店が最後だ」

三軒目もやはり同じだった。

通り周辺の自身番をひと廻りすませ、両国広小路、吉川町《よしかわ》の自身番へ顔をのぞかせたのは夕刻の空が赤く染まるころだった。

夕日が吉川町より東方の両国広小路界隈を赤く染め、大川に架かる両国橋を渡る人々にも降りそそいでいた。

両国川開きは五月二十八日から八月二十八日まで行われ、その間、広小路の歓楽街は夜更けまで店開きが許される。

納涼をかねた人出の賑《にぎ》わいが夕刻より始まっていた。

川筋は見えないが、大川には納涼船が浮かんでいるだろう。

早くも船客の上げる花火が夕焼け空にはじけ、両国、向こう両国、橋上の人々のどよめきが聞こえてきた。

吉川町には花火の玉屋《たまや》がある。

龍平は町役人に、町内に店を構える小料理屋の内海の場所を訊いた。

内海は吉川町と下柳原同朋町《しもやなぎわらどうぼう》の境の小路を南に入った路地の奥に、小さな店を構えていた。店の前に出した看板行灯《あんどん》が、どぶ板を照らしていた。

路地の折り重なった屋根屋根に、夕暮れ前の茜《あかね》空が覆いかぶさっていた。

「旦那、誰なんです？」

寛一の声がやや緊張していた。

「たぶん、蔵六がいる。自分の女にやらせている店らしい。一応、確かめておく。蔵六の方から南村さんに話せば用がすむ」

大人の対応のために、つまらない手間が増えた——と、どぶ板に雪駄《せった》を鳴らしつつ龍平は思う。

片開きの腰高の油障子に店の明かりが差していた。

男らの笑い声が聞こえた。

建てつけの悪い引き戸が音を立てた。

男らの笑い声が途絶え、怪しい目つきが戸口に立った龍平と寛一へ投げつけられた。

壁に掛けた行灯ひとつの店は薄暗く、左の壁際に莫蓙《ござ》を敷いた細長い入《い》れ床《どこ》の座があり、右は長板に醤油《しょうゆ》樽《だる》の腰かけを並べた粗末な卓があった。

奥が板場になっているらしく、上半分が竹格子の板壁に仕切られ、出入り口に立った眉を落として白粉を塗りたくった年増が龍平をひと睨みした。

長板の卓には向き合って三人ずつ、六人ばかりの腰かけがあり、そこに五人の男が卓を囲んでいた。

もう徳利《とっくり》がだいぶ並んでいる。

右の壁を背に同心の鈴本左右助と蔵六の顔が見えた。

二人に向き合ってかけた三人の男が、龍平へ険《けわ》しい人相を向けている。

中のひとりが紺看板を羽織っていて、背中に蝶《ちょう》の字が抜いてあるのが読めた。

板場の出入り口の年増は、細縞《ほそじま》の長着だった。

白塗りの中のみみずのような赤い唇を歪め、

「おや、旦那、いらっしゃいやし」

と、酒焼けの嗄《かす》れ声を薄暗い土間に吐き出した。

「どうぞ、入《へえ》りなせえやし」

年増が入れ床の方をぞんざいに指した。

龍平は年増に会釈《えしゃく》し、五人へ見かえった。

五人は声もなく、手は止まったままだった。

「鈴本さん、早いですね。今日はもう終わりですか」

奉行所定服の鈴本へ話しかけた。

若い鈴本の顔が、早や酔いで赤らんでいた。

年増の愛想《あいそ》笑いが消えた。

「はあ。日暮さんこそ、雑用仕事はもうおすみですか」

鈴本が、《その日暮らしの龍平》が、という嘲笑《ちょうしょう》まじりのにやついた顔を向けた。

「どうも旦那、蔵六でやす。南村の旦那に勤めておりやす」

鈴本に並んだ蔵六が口元に薄笑いを浮かべ、言った。

三十代半ばの小太りの男だった。

「ああ蔵六、とき折り見かけるな。日暮龍平だ。よろしく頼む」

龍平は薄暗く、人ひとりが通れるほどの狭い店土間へ踏み入った。

戸に近い男は、瘦せていて眉が薄く一番険しい顔つきを投げて寄越した。

「おや、そっちは宮三とこの寛一か。今日は父ちゃんと一緒じゃねえのか」

蔵六が嘲弄《ちょうろう》を投げた。

「へえ。今日はあっしひとりで旦那のお供です。てへ」

十八歳の若造だが、寛一はこういうときさらりと受け流す賢《かしこ》さを持っている。

蝶の字の看板が、やけに高い鷲鼻の周りをしかめて寛一を見た。

「日暮さん、この店はよくくるんですか」

鈴本が猪口《ちょこ》を舐め始めた。

「初めてですよ。南村さんにうかがいましてね。蔵六、あんたに訊きたいことがあってな」

「ええ？　あっしにご用で」

「蔵六だけじゃなく、鈴本さんにも訊きたいことがあったんです。二人一緒は、手間が省《はぶ》けて都合がいい」

鈴本は、ふん、と鼻を鳴らした。

「だったら座ったらどうです。おい、おまえら、こちら北町の平同心の日暮龍平さんだ。旗本の部屋住みで、婿入り先が見つからず、町方同心の婿入り先に飛びついて、三十歳すぎた今も平同心勤めをなさっている。何しろ町方勤めは素人《しろうと》だから、掛がなく雑用仕事でひがな一日を送っていらっしゃる」

と、向かいの三人に言った。

「おれも若いころは手取り足取り教えてあげたんだけどね。どうも飲みこみの方がいまひとつでな。あははは……おまえたち、そこの席を空けろ。ちゃんと挨拶《あいさつ》して、一杯酌《しやく》をして差し上げねえか」

「ひゃひゃ……それで未だ平同心でやすか。そいつぁ気の毒だ」

紺看板の男が徳利を提げ、腰かけを鳴らして立ち上がりかけるのを龍平は手で制した。

「用はすぐすむ。立ったままでいい。あんたは座ってろ。仕事中だ」

酒はいい――と続けた。

男らが腰を戻し、ひそひそ声を交わし合った。

「まず蔵六、南村さんが病欠の間、わたしが代役を務めることになった」

蔵六が、あ？　という顔になった。

「昼前、南村さんの屋敷へ見舞をかねて打ち合わせをしてきた。南村さんの抱えているごたごたの中で、あんたが事情調べを任された件がだいぶあると聞いた。それはそのまま続けてくれ。ただし、一日に一度、調べの進み具合いの報告を頼む。必ずだ。進展がなければないという報告でいい」

鈴本が不貞腐《ふてくさ》れて手酌で酒を呑んでいる。

「わたしが奉行所にいないときは伝言を残し、あんたがどこにいるかわかるようにしてくれれば、わたしの方から顔を出す。この店でも構わないぞ」

蔵六は唖然《あぜん》としていたが、急に思い出したように訊いた。

「見廻りはどうなさるんで」

「むろん、代役だから見廻りはするさ」

「なら、明日からあっしがご案内いたしやす」

「案内はいい。南村さんの分担地域は知っている。今の調べに専念してくれ。南村さんに訊きたいことができたときは、あんたに訊きにいってもらう」

龍平が言うと、黙って唇を尖らせた。

指先で猪口を玩《もてあそ》び、卓の上で細かく鳴らした。

白塗りの年増は雲ゆきが怪しいからか、板場の方へ姿を消した。

「それから、今日、南村さんに言われて、井本屋と……」

と、南村が《お出入り》を願われている表店に顔を出した経緯を話した。

蔵六の顔がいっそう歪んだ。

「鈴本さん、あなたも蔵六と一緒にゆかれたそうですね。南村さんの代わりにあなたがお出入りなさるとか」

「はあ。南村さんのご負担を軽くしようと思いましてね。それが何か」

「南村さんはご存じではなく、わたしに指示なさった。鈴本さんが代わってくれるならわたしには好都合です。ただし、一昨日、蔵六と一緒にお出入りのお店に顔を出された際、南村さんへの託けを各お店より預かられたのでしょう。それについては鈴本さんの方から南村さんにその旨を報告していただく、というのでよろしいですね。それともわたしが伝えるのですか」

鈴本は応えず、猪口を手にしたまま考えている。

動揺かあるいは怒りでか、鈴本の手が震えて猪口の酒がこぼれた。

「あ、あっしと鈴本の旦那で、明日早速、南村の旦那のお屋敷をお訪ねしやす。鈴本の旦那、そうしやしょう。いいですね」

蔵六が取り繕うような語調になって言った。

鈴本が面白くなさそうに頷いた。

「あとひとつ、鈴本さんにうかがいたい……」

「旦那、そのへんでもういいじゃありやせんか。あっしら、てめえの金で機嫌よく呑んでんだ。お代は結構でございやす、のお店にたかって呑み散らし食い散らす腐れとは違うんだ。つまらねえ仕事を持ちこみやがってよ。明日、奉行所でゆっくりやりゃあいいじゃねえか」

紺看板の男が、横目で龍平を睨み上げた。

「健五、やめろ」

蔵六が紺看板の男に言った。

「だってよ、蔵六。こちとら江戸っ子でえ。野暮な野郎を相手にしてると、虫酸《むしず》が走るぜ」

眉毛の薄い男がにやにやして、かあっ、と土間に唾《つば》を吐いた。

「やめねえか」

龍平は健五と言われた男をまじまじと見た。それから、

「鈴本さん、半月前、八丁堤で殺しがありましたね。品川町裏河岸の菱垣廻船問屋・利倉屋の雁之助という番頭が殺された。あの一件は鈴本さんが調べに当たられていると、南村さんからうかがいました」

と、健五から鈴本へ視線を移した。

「はあ、そうですが……」

と、鈴本はまた生返事をする。

「それも南村さんの見廻りの町地で起こった一件です。分担地域の殺しを言上帳に記したまま、始末を放っておくわけにはいきません。調べの進展具合いを聞かせていただけませんか。明日朝五ツ、奉行所で。よろしいですね」

「勝手に決めないでくださいよ。おれはあんたの下役じゃあねえんだ。南村さんから聞いてないんですか。あれは通りがかりの懐を狙った流しの追剝だって。雁之助がたまたま八丁堤を通りがかって流しに襲われた。それだけですよ。今、流しに目星をつけて、訊きこみをやらせてるところです」

鈴本は酒でてかった唇を舐めた。

「ただね、日暮さんは素人だからわからないだろうけど、流しってのは動きがつかみにくいんだ。もう江戸を逃げ出しちまってることも考えられる。そうなったら町方は手が出せねえ。気長にどっかから差し口が入るのを、今のところ待つしか手はねえんです。それ以上話すことなんてねえ。明日朝五ツ？　恰好つけやがって、冗談じゃねえや。なあ、あははは……」

鈴本は健五らを促して、嘲笑をはじけさせた。

「こっちは雑用専門の気楽な平同心と違って掛の勤めがある身なんです。放っとけねえんなら、日暮さんに調べは譲りますよ。八丁堤の一件もあんたが一切引き継ぎゃあいいじゃないですか。あははは……」

ひゃひゃ……と、健五が鈴本に合わせて肩をゆすった。

龍平はやや下ぶくれの顎と奥二重の目を、のどかにゆるませた。

健五――と、声をかけた。

健五が「なんでえ」と、龍平を見上げた。

「その後、足の具合いはどうだ。もうすっかり治ったか」

「はあ？」

口をぽかんと開け、不審げな顔つきになった。

「一昨日、不忍池の弁才天で足を痛めてひっくりかえってたろう。その具合いだよ。もうひとり、蛙みたいに潰れたのがいたな。どっちだ。おまえか」

と、眉の薄い酷薄そうな顔つきの手前の男に言った。

七

梅宮の宮三が銚子《ちょうし》を龍平に差した。

「そいつぁ、坊っちゃんもとんだ目に遭いましたね」

宮三が笑うと、厳しさが隠れて子供のころに見覚えのある優しい梅宮の親分の顔になる。

「慣れないことをするとこうなる。寛一にも恥をかかせてしまった」

「損な役廻りだが、恥じゃありやせん。坊っちゃんらしい振る舞いだった。まあ機嫌直しにぐっとやって、今日のことは忘れましょう」

宮三が、猪口に酒をつぐと、芳香がふわりと立ち上る。

「寛一もご苦労だったな。定町は廻り方の花形だが、それはそれだけ住人の暮らしにかかわりが深くなる務めだからだ。人の生きざまは一本道じゃねえ。心してかかれ」

と、寛一にも続いて酌をした。

「あっしは面白かったぜ。旦那のあんなに赤い顔を見たのは、子供のとき以来だったし。へへへ」

「寛一、からかうな」

龍平は苦笑し、宮三の太い笑い声が座敷に響いた。

そこは請人宿《梅宮》の客座敷だった。

両国広小路の吉川町から神田竪大工町の梅宮へ足を延ばした。

宮三の手を借りなければならなかったし、そのためにも明日からの手筈を決める必要があった。

しかし、ちゃきちゃきの神田っ子の宮三の女房が用意した膳を囲んで、宮三は龍平を子供のころの「坊っちゃん」と寛いで呼んだ。

日が暮れて、昼間の残暑は初秋の宵《よい》の心地よさに変わっていた。

座敷にはまだ蚊遣《かや》りが炷《た》かれている。腰障子を両開きにした裏庭の板塀脇の棚に並んだ盆栽は、夜の帳《とばり》の中に姿をくらましていた。

「蔵六は若いころから調子のいい男でした。損得勘定にうるさくて、あまり面白い男じゃなかった。と言って物事を深く読めるほどの才覚はありません。鈴本さんがそそのかしたのか、蔵六が持ちかけたのか。どっちにしろ、南村さんのいねえ間にお店から《お出入り》の謝礼をせしめる尻の軽さに呆《あき》れます」

「うん。持ちかけたにしても持ちかけられたにしても、見え透いている」

「二人して、だぼハゼみたいに目先の餌に目がくらんで喰らいついた、ってえわけですね」

宮三が猪口をあおった。

「愚かにもほどがあると言いたいところだが、南村さんに遣いを頼まれ、わかっていながらお店に顔を出した恥晒《はじさら》しなわたしも同じだ。人のことは言えぬ」

「坊っちゃん、あっしについでくだせえ」

宮三が猪口をかざし、龍平は銚子を取った。

「坊っちゃん、世の中には澄んだ水もあれば濁流もあります。奉行所の中だってそんな世の中となんら変わりはしねえでしょう。澄んだ水は神や仏に祈ったって湧《わ》いちゃあきません。濁流を渡らなきゃあならねえことだってある。上手く賢く、渡ってくだせえ。あっしにはそうとしか言えねえ」

宮三は龍平がついだ酒を舐めた。

「あっしと寛一は坊っちゃんの味方だ。どこまでもね。なんでも言ってくだせえ。旦那の指図どおり、明日はどっからいきますか」

「へい。旦那、あっしにもついでくだせえ」

龍平は寛一の猪口に酌をした。

「親分、寛一、明日は品川町裏河岸からだ」

「合点《がってん》だ」

寛一が威勢よく猪口をあおった。

「承知しました。品川町裏河岸とは利倉屋の番頭殺しの一件ですね」

「見廻りがあるが、どうも気になってな。放っておけない」

「あっしも気になっていました。殺しのあった場所がこの近所の八丁堤だ。余所ごとには思えねえんです。流しの追剝の仕業だろうって自身番じゃあ言ってましたが」

「ふむ。どうだかな。だが、何かが引っかかる。気になってしょうがない」

「そうそう。健五って野郎の素性も調べておきます。たぶん蔵六の下っ引でしょう。蔵六は危ない手下を結構抱えていると評判ですから、叩けば埃《ほこり》が立つかもしれませんね」

第二話　美人画

一

品川町裏河岸《がし》の菱垣廻船《ひがきかいせん》問屋《利倉屋》は、日本橋と一石橋《いっこくばし》の間の日本橋川北堤道に、堂々とした白い漆喰《しっくい》塗りの土蔵造りの店を構えていた。

菱垣廻船問屋は、江戸前期に十組問屋株仲間が大坂《おおさか》江戸間の廻船を独占し、隆盛《さか》を極《きわ》めたが、太平の世が長く続くに従い大坂江戸間の廻船が盛んになると、樽《たる》廻船による新興商人《あきんど》が台頭し、十組問屋の独占を脅《おびや》かした。

そこでおよそ五年前の文化《ぶんか》十年（一八一三）、十組の株仲間に新興商人を加えた六十五組の菱垣廻船問屋に再編成し、大坂と江戸間の廻船の独占を図《はか》った。

利倉屋はその折りに菱垣廻船問屋の株仲間に加えられた新興の問屋だった。

先代は相模の国、馬入川《ばにゅう》河口の湊《みなと》・柳島《やなぎしま》の仲買問屋で、馬入川沿いの東相模の物産の江戸交易で財を成した商人だった。

二十年前の先代がまだ健在のころ、大伝馬町の荷送問屋株を買収して念願の江戸進出を果たし、十組問屋が菱垣廻船で独占していた大坂江戸間の交易に樽廻船によって乗り出して江戸の廻船問屋としての地歩《ちほ》を固めた。

そして先代が隠居をして二代目を継いだ当代の主人が、五年前に菱垣廻船問屋六十五組に加えられたのを機に、品川町裏河岸に新店を立ち上げ、利倉屋は名実ともに江戸の大店《おおだな》廻船問屋となったのである。

半月前の七月中旬、神田堀八丁堤で災難に遭《あ》い殺された利倉屋の平番頭・雁之助は、十二歳から柳島の利倉屋に小僧奉公を始めて二十八年、利倉屋一筋に勤め上げてきた奉公人だった。

利倉屋が江戸進出を果たしたあとも柳島店に留《とど》まり、厚木《あつぎ》や相模原一帯の馬入川両岸の米や物産を江戸へ輸送し交易する、利倉屋創業以来の商《あきな》いに従事してきた。

三年前、江戸での菱垣廻船問屋業のいっそうの充実を図るお店の方針に基づき、利倉屋柳島店より品川町裏河岸の新店に、勤め替えになった。

今年四十歳にもかかわらず、今なお独り身の住みこみ奉公だった。

翌朝、龍平と宮三に寛一を、雁之助が住みこみに使っていたお店二階の使用人部屋に案内したのは、三十代半ばすぎに見える当代の主人だった。

「わたしが九歳でございました。三つ年上の雁之助が柳島のお店に小僧奉公を始めたのでございます」

馬入川沿いの当麻村の生まれでございます——と、主人は使用人部屋への階段を上りながら話した。

「遊んでもらった覚えが今も残っております。懐《なつ》かしゅうございますが、それゆえにいっそう辛《つら》く悲しゅうございます。地道に堅実に柳島店の商いを守ってくれ、これからは大坂と江戸のもっと大きな商いに従事させるため、江戸へ勤め替えを命じたのですが、それがかえって仇《あだ》になってしまいました」

使用人部屋は小僧や手代の寝起きする大部屋と、平番頭の四人部屋、大番頭と頭取の個室に分かれていた。

「雁之助が使っておりましたのはこちらの、この小簞笥《こだんす》と文机《ふづくえ》でございます。簞笥の中の衣類などは一切、手をつけておりません。机の上の物と簞笥の上の物、八丁堤で亡骸《なきがら》が見つかった際に当人が所持しておりました物は一緒にして、この風呂敷包みにひとまとめにしてございます」

番頭部屋は十二畳ほどで、雁之助が専有していた一隅《いちぐう》には、綺麗《きれい》に片づけられた小簞笥と文机、それに風呂敷包みと位牌《いはい》がぽつんと置いてあった。

しばらく置いておくようにとの調べの役人の指示で、主人は雁之助の遺品を郷里には戻さずこの半月、手をつけずにそのままにしていた。

掛《かかり》になった同心の鈴本左右助が命じたらしい。

しかし鈴本は一件の直後に簡単な訊《き》きこみをして以後、遺品の調べも利倉屋への詳細な訊きこみも行っていなかった。

龍平ら三人は、雁之助の遺品を改めてひとつひとつ調べた。

これといって、気になる品はなかった。

使用人にしては紬《つむぎ》や友禅《ゆうぜん》などの贅沢《ぜいたく》な衣類を拵《こしら》えていた。

「仕事柄、お武家さまのご接待などをいたさねばならぬ務めもございますので、使用人に余所《よそ》ゆきは少々の贅沢を許しております」

商人の世界も、奉公人は主人の許しがなければ贅沢はできなかった。

衣類のほかは、筆や硯《すずり》、手控帳などの仕事の用具、財布、印籠《いんろう》、紙入、手拭、煙管《キセル》や煙草《たばこ》入れなど身の廻り用の様々な小物だった。

「ほかに、簞笥の奥に仕舞《しま》っておりました金が十数両、さらに両替屋に預けております金の書きつけが見つかりまして、それは遺品を遺族に渡すまでわたしどもで預かっております。これでございます」

と、主人は両替屋の書きつけと小判で膨《ふく》らんだ粗末な財布を、龍平らが改めている遺品の隣に並べた。

仕舞っていた現金と両替商に預け入れの書きつけ額を併《あわ》せると、二百両を超える蓄《たくわ》えが雁之助にはあった。

「こいつぁ、大《てえ》した蓄えですね」

宮三が金額の大きさに驚いて言った。主人に金額のことを訊《たず》ねると、

「詮索《せんさく》はいたしておりません。おそらく雁之助は、いずれ己《おのれ》の店を持つために、爪《つめ》に火を灯《とも》すようにして蓄えたものでございましょう」

と、慎重な言い廻しで応《こた》えた。

「雁之助は金に細かい男だったのかな」

「雁之助をそんなふうに思ったことは、ございません」

と、主人が応えたとおり、遺品を見る限りはそれほど細かく金を始末した暮らしには思えなかった。

しかし蓄えの多さが殺しにかかわりがありそうな、と疑う材料もなかった。

雁之助が相模の生まれというのは気にはならなかった。

ただ、遺品の中に錦絵の美人画を見つけ、龍平はその絵に心を惹《ひ》かれた。

というのも、美人画は涌井意春が神田新石《しんこく》町の地本問屋《じほんどいや》《仙鶴堂》で売り出した四枚綴《つづ》りのものだったからだ。

描かれているのがお篠であることはひと目でわかった。

一昨日《おととい》、訪ねた橘町の涌井意春の内儀《ないぎ》お篠も相模だったな、という覚えが一瞬よぎったのは当然といえば当然であった。

絵は実際のお篠よりは、艶《つや》やかに描かれてはいる。

実際のお篠は確かに美しいけれど、その美しさはどちらかといえば、野を駆ける鹿《しか》のような精悍《せいかん》な美しさに近い。

「親分、寛一、この絵を知っているか」

「おや？　この絵は、どっかで見たような」

「親分、これは今売出し中の涌井意春だよ。二、三年前から評判になった天才絵師さ。てめえの女房のお篠を様々な女に見立てて描いた美人画が大当たりして、以来、お篠を描き続けているんだ。おれたち仲間うちで、涌井意春とお篠を知らない者はいねえよ」

寛一は龍平の手先を務める間は、父親の宮三を「親分」と呼んでいる。

「それほどの絵師かい。おまえも持っているのか」

「持っているよ。意春のお篠ものはいいんだよな。この四枚絵を売り出した仙鶴堂は隣町の仙鶴堂さんだよ。親分、知っているだろう。《柴田屋《しばたや》》さんの隣の地本問屋。今は意春の新作が飾ってあるけど」

「おお、新石町の仙鶴堂か。知っているさ。だから見覚えがあるのか」

利倉屋の主人に、雁之助とこの絵のかかわりを訊ねた。

「さあ。絵が気に入った、それだけだと思うのですが……」

主人は「相部屋の番頭仲間はなんぞ謂《い》われを存じておるかもしれません。呼んでまいります」と言うと、相部屋の平番頭三人が小腰を屈《かが》めつつ現われた。

「雁之助がこの絵を持っていたのは存じておりましたが、この絵に謂われ因縁があるのかどうか、そこまでは……」

涌井意春の美人画には三人は揃《そろ》って、そう言った。

雁之助が殺された場所が神田堀の八丁堤だったことについては、

「たぶん、多《た》町の岡場所へ遊びにいった帰りではないかと、思います」

と、ひとりが応えた。

「雁之助は柳島店の勤めでしたので、江戸店が長いわたしどもとは少々つき合いが薄うございました。いえ、仲が悪かったのではありません。ただ、仕事以外では、雁之助ひとりで行動する機会が多かったと思います。そうだよな」

後の二人が頷《うなず》いて同意した。

その三人ともに、三十代半ばより四十前後と思われる独り身だった。

商家の奉公人は仕事も寝起きも、男ばかりの厳しい上下関係に取り巻かれ、女房を持つ機会はほとんどなかったといっていい。

江戸には独り身の男が多く、当然、様々な私娼窟《ししょうくつ》が江戸のいたるところにあった。幕府公認の吉原《よしわら》は、江戸の実情に対応できていなかった。

神田多町に岡場所があった。雁之助は多町の岡場所へ遊びにゆくことがわりとよくあった。遊びにゆくときはたいていひとりでいった。

八丁堤で亡骸が見つかったあの日も、昼間はずっとお得意さま廻りをしていて、夕刻になってもお店には戻ってこなかった。

それで、お得意さまのお付き合いと称して案外、岡場所へしけこんだんじゃないか、きっとそうだよ、と三人で言い合っていた。

するとと五ツ半（午後九時頃）すぎごろ、八丁堤で雁之助の亡骸が見つかった、という知らせがお店に届けられ三人は吃驚《びっくり》した。

てっきり、岡場所からの戻りに災難に遭ったのだろう、と思った。

平番頭の住みこみの使用人がそんな自由な行動が許されていたのか、という問いには、曖昧《あいまい》な言い方ながら別のひとりが応えた。

「雁之助は年に数度、厚木のご陣屋に出張いたしておりました」

雁之助は、馬入川中流域の厚木の出張陣屋とのつながりが長く、江戸店へ勤め替えになった後も、東相模の陣屋支配地域における年貢米の江戸廻漕《かいそう》の御用だけは雁之助が厚木や馬入川沿いの村々へ出張し、仕切り役を務めていた。

というのも厚木出張陣屋元締の黒江《くろえ》左京《さきょう》の従来の廻漕に障《さわ》りがないように計らうべしとの直々《じきじき》の命令があったためで、お陰で年貢米江戸廻漕の仕事は利倉屋が一手に担ってきた。

雁之助はお店の功労者であり、今は平番頭でも遠からず大番頭、頭取に就《つ》くだろうと利倉屋では一目置かれていた。

それゆえ雁之助の仕事ぶりには主人すら口を差し挟まず、雁之助の自由な行動は暗黙のうちに許されていたし、その自由さがこのたびの災難の遠因になった、ともいえなくはなかった。

「これは雁之助の遺品だが、みなさんが見て、たとえば、いつも身につけていた物が見当たらないとか、少々変わった謂われを耳にした物とか、どんなことでも、何か気づかれたことはないかな」

　番頭らは身を乗り出し、それぞれ小首を傾《かし》げたりうなったりしていた。

　やがてひとりが言った。

「あの、雁之助は銀煙管を持っておりました。傍目《はため》に見ても高価そうな銀に彫物の模様を施《ほどこ》した煙管でございます。煙草入れも革製の上等な物で、普段はここに残っている普通の煙管などを使っておりましたが、お得意さま廻りの折りは必ず携《たずさ》えて出かけておりました。それが見当たりません」

　番頭は雁之助が追剝《おいはぎ》に襲われたものと決めてかかっていた。

「それから、煙草入れには象牙《ぞうげ》の根付《ねつけ》がつけてございました。孔子《こうし》さまを彫った根付でございます。それを少々自慢げに帯に挟んでおりました」

　銀煙管、革製の上等な煙草入れ、象牙の孔子を彫った根付がなくなっている。根付だけでも高価な物になれば、四、五両はする。おそらく、雁之助を襲った者に財布の金と一緒に金目の物として取られたと思われた。

となれば、やはり追剝強盗の仕業《しわざ》と見るのが順当か。

二人の番頭が手控帳を手に取って紙面を繰《く》り、ひそひそと言い交わしたり、小さく頷き合ったりしていた。

「何か不審なことでも」

「いえ、不審なというのではありませんが、ただ、なあ……」

ふむ、ともうひとりが応じた。

「つまりでございますね。この手控帳には、雁之助が災難に遭った当日と前日の二日間の記入がないのでございます」

「わたしどもは手控帳に廻ったお得意さま、日付、商いの内容やら経過、次の日程、仕事に粗漏《そろう》がないように様々な事柄を書きつけておきます。たいていは、何月何日、誰それさま、というふうに、お得意さまのお店や相手のお名前が記《しる》してございます。雁之助が災難に遭ったのが十三日。その当日と前日の十二日分の記述がございません。この二日間、雁之助は間違いなく外廻りをいたしておりましたから、いったいどこを廻っておったのやら」

「しかしお役人さま、様々に商いを進めるうちにはそういうことがないわけではございません。お約束をしていたお得意さまがお出かけで、お戻りになるのを一日じっと待つ場合もございますし、商いが順調に進まず、記すほどの成果が出せない場合や、お得意さま廻りをした口実にして盛り場で遊んだりする場合などもございます」

「そういうこともあるよね。仕事が上手くいかないむしゃくしゃした気分を、それで変えるのでございます。それが次に励《はげ》む気力を生むのでございます」

「けどね、雁之助はやり手だったし旦那《だんな》さまにも目をかけられていたから、あの男はあの男なりに内心に屈託《くったく》を抱えていたのかもしれないね」

番頭らは言い合った。

「雁之助は高額な蓄えを残していた。それほどの蓄えをどのようにして作ったのだろうか」

龍平の問いに、三人は「さあ」と首を傾げた。

「どのようにしたのやら、二百両？　わたしらには縁のない話です……」

番頭らの歯切れは悪かった。

二

神田新革屋《しんかわや》町自身番の町《ちょう》役人が、神田堀に主水橋の架《か》かる主水河岸から今川橋へいたる土手道の現場へ龍平と宮三、寛一の三人を導いた。

左手北側に松の樹木が植えられた火除け用の八丁堤の土手が連なり、南側の切《きり》岸《ぎし》が神田堀に落ちていた。

日本橋北と内神田の境で、昼間は人が頻繁《ひんぱん》に通るが、暗くなると通り抜けの足音がぴたりと途絶《とだ》える寂《さび》しい通りでもある。

町役人は宮三と倅《せがれ》の寛一とは近隣の顔見知りだったし、殊《こと》に宮三は新革屋町、新石町、竪大工町、多町と内神田のその界隈《かいわい》の顔利きでもあったので、宮三を《梅宮の親方》と呼んだ。

雁之助の死体を見つけたのは、鎌倉河岸の酒場で一杯ひっかけて大伝馬町へ戻る辻駕籠《つじかご》の駕籠かきだった。

暗闇の中に死体を見つけた駕籠かきは、慌《あわ》てて自身番へ駆けこんだ。

「このあたりに、仰向《あおむ》けに倒れておりました。胸のこのあたり、心の臓あたりに、ぱあっと血が広がっておりました」

　ここらへんに金を抜き取った空《から》の財布が捨ててあり、着物の乱れはこうで、争った形跡はどうのこうの……と現場のありさまを町役人は話すものの、もう半月も前の見覚えのため、あまり要領を得なかった。

　案内の町役人の話をひととおり聞いた龍平は、堤端に佇《たたず》み周囲を見廻した。

　神田堀の対岸は本銀《ほんしろがね》町の土手道である。振り売りが通っている。

　西側に主水橋と主水河岸、東側に賑やかな日本橋大通りをいき交う人の姿と今川橋が見えている。

　今日も残暑は厳しく、南の空に白い雲が盛り上がっていた。

「旦那、気になりますか」

　宮三が堤端に並びかけ、声をかけた。

「親分、流しの追剝強盗と見るのが順当かな」

「むむ……まあ、そうかもしれませんが、追剝かどうか、決めつけるのは早いと思いますぜ」

「どういう意味だ、親分」

「この一件は気になっていたんです。うちの近所で起こった殺しですからね。ただ気にはなっても、何が気になるのかがはっきりしなかった。それがさっきの利倉屋さんの話で、ちょびっと腑《ふ》に落ちました」

宮三が神田堀を東から西へと見渡した。

「流しの追剝の仕業かどうかは置いて、たとえば五ツ（午後八時頃）すぎごろ、雁之助さんは多町の岡場所から品川町裏河岸のお店に戻る途中だったとしましょう。多町からの戻りなら、普通に考えりゃあ、うちの前の新道《しんみち》を通ってあの主水橋を渡るか、反対側の日本橋大通りの今川橋を北から南へ渡ることになります」

宮三が主水橋と今川橋を順々に指差した。

「つまり、多町から品川町裏河岸へ戻るにはこの道は通る必要がありません。となると、雁之助さんはお店への戻りではなく、なんぞ用があってこの道を通ったのかもしれませんね。西側から東側へ。あるいは東側から西側へ、なんぞ誰かに用があって。けど、だとしても、雁之助さんはなんでこの寂しい土手道を通ったんでしょう」

「この土手道は、夜は寂しい道になるのだな」

「日が暮れれば、あっしもひとりじゃこの道は通りません。雁之助さんだって同じだ。どっちの町へいく用があろうが、夜道をいくのにわざわざ八丁堤の土手道らまだしも、この道が近道になるいき先なんてこのへんにはねえんです」

「親分、雁之助さんはこの道が夜は人通りがなくて物騒《ぶっそう》だと知らずに、たまたま通ったんじゃねえんですか」

寛一が宮三に並びかけて言った。

「ああ。知らずにってことは考えられるな。この界隈に土地鑑《とちかん》のあるやつはこの土手道を夜は物騒だから通らねえ。雁之助さんは江戸へきてまだ三年だから神田は詳しくなく、それを知らなかった。で、通りがかりを狙ってこの道に潜《ひそ》んで待ち伏せていた追剝に襲われた。あり得る。寛一、この道を通るにはほかにどんな場合が考えられる」

「そうですね。追剝がお店に帰る途中の雁之助さんにどすを突きつけ、寂しいこの道へ連れこんだ。金を出せと嚇《おど》したが、争いになり雁之助さんを刺した」

「ふむ。それも考えられる。ほかには」

「ほかには、そうだな。雁之助さんの懐を狙ったやつが雁之助さんが人気《ひとけ》のない寂しい場所を通るまで後をつけ、この道へきたところで襲った、とか」

「あり得る。それから？」

「ええ？　それから……」

寛一は宮三に続けて訊かれ、戸惑った。

神田堀を見渡す宮三の顔は真剣だった。

「ああ、そうだ。雁之助さんの懐を狙ったやつは雁之助さんと顔見知りだった。そいつは雁之助さんにちょいとご相談が、とかなんとか言い繕《つくろ》ってこの道に誘いこんだ。雁之助さんは襲われるとも知らず、そいつの誘いに従った」

「そこらへんだな、寛一」

宮三は龍平へ眼差《まなざ》しを向けた。

「旦那、利倉屋さんの話を聞くまで、何が気にかかるのかはっきりしなかったんです。でさっき、もしかしたら、ってふと思ったんです。雁之助さんの懐を狙ったやつは、八丁堤のこの道が夜は人通りが途絶えるため、夜陰《やいん》に乗《じょう》じてひと働きするのに都合のいい場所だと、知っていたんじゃねえかってね」

「どういうことだ」

「見てくだせえ。あっちに徳川さまのお城がでんと構え、堀の向こうが日本橋北、こっち側が内神田。表通りには大店小店の老舗《しにせ》が軒を連ね、裏店《うらだな》には庶民が肩を寄せ合って暮らしている。辻《つじ》から辻へどこまでいっても町は途切れねえし、この町に人目につかねえ場所なんてどこにもねえ。ここは天下の江戸の古い下町です」

　龍平は言葉を発しなかった。宮三を見つめ、宮三の言葉を待った。

「そんな、人人人……の下町でも、ちょいと通りをはずれれば、じつはあるんですね、こういう寂しい小道が。あっしらこの界隈の住人は八丁堤のこの道が夜は人通りが途絶えて寂しく物騒だってことを知っている。だから夜はひとりでは通りません。けど、雁之助さんは通った。偶然か、あるいはこの道を通らなけりゃならねえわけがあって」

　と、宮三はひと呼吸置いた。

「雁之助さんを襲ったやつが、この道で誰か通るのを待ち伏せていた流しの追剝にせよ、嚇してこの道に連れこんだ強盗にせよ、雁之助さんをつけ廻してこの道にきたにせよ、あるいは顔見知りで誘いこんだにせよ、この道が夜は寂しく人気がなくなるってえことを知っていた。そいつぁこの界隈に土地鑑のあるやつか、もしかしたらこの界隈に住んでいるやつかもしれねえってね」

「そうか……」

　龍平は対岸の本銀町の町並みを見わたした。

「今、親分の話を聞いてわたしにも、やっと合点《がてん》がいったよ」

呟《つぶや》くように言った。

「親分、わたしもこの一件が気になっていた。流しの追剝強盗が、場末の人寂しい道の通りがかりや旅人を狙って山道や森の中で働くのならわかるが、江戸のもっとも住人の多い下町を働き場に狙った意図が解《げ》せなかった。素人《しろうと》でも難しそうなことぐらいわかりそうなものだ。ただし、そいつにこの界隈の土地鑑があれば、この道のことは知っていたはずだな」

「間違いなく、知っていたでしょう」

「そいつと雁之助は、どういうかかわりがあるんだろう」

「確かなことは言えません。事情はわかりませんが、とにかく雁之助さんはこの道を通った。そしてやつに襲われた。やつはこの八丁堤の土手道ならば雁之助さんを襲っても大丈夫と踏んでいやがった。なぜならやつは、この町のどっかに今も住んでいて、この町のことをよおく知っていやがるからです」

「親分、わたしと寛一は見廻りを続けなければならない。親分には、雁之助の殺された当日とその前日の足取りを探ってもらいたい」

宮三はにやりとして頷いた。

「雁之助さんの手控帳に記されていない、二日間の足取りですね」

「そうだ。それと、雁之助の銀煙管、革製の煙草入れ、象牙の孔子を彫った根付が売り払われていないか、古道具屋、質屋、根付屋、金物細工屋に当たってくれ。まずは日本橋北から内神田界隈。見つからなければ、周辺の町地へ探索の手を広げて……」

「売り払わずともそれを持っているやつ、持っているやつを知っているやつがいるかもしれませんね。それも調べます」

「うん、それもある。もう半月もすぎてしまって難しいだろうが、親分、やってくれるか」

「任せてくだせえ。あっしの住むこの町で起こった殺しです。放ってはおけねえ。手下を総動員して、必ず突き止めて見せますぜ」

宮三は力強く言った。そして、

「あっしはもう少し、このあたりを調べていきます。旦那、先にいってくだせえ。寛一、旦那の指図に従って、ちゃんと務めるんだぜ」

と、頼もしくも不敵な笑みを投げかけた。

三

八月になって蜩《ひぐらし》は鳴き声をすっかり潜め、つくつくぼうしの鳴き声もまばらになった。日中の残暑は厳しいが、朝夕はしのぎやすくなった。

定町の見廻り仕事には、気疲れを覚えつつもだいぶ慣れた。

従えるのは手先の寛一に、挟み箱を担いだ要助《ようすけ》という奉行所の中間《ちゅうげん》だった。

中間の要助は南村の見廻りに長年従ってきて、それぞれの町の評判や噂《うわさ》、抱える問題などを心得ており、この町のなんとか店にはいつも騒ぎを起こす誰それがいる、あのお店の亭主と女房は両方に情人《いろ》がいてなどと語って聞かせ、龍平と寛一を飽きさせない面白い男だった。

南村の代役を申しつけられた日に訪《たず》ねて以来、龍平は南村の組屋敷に顔を出さなかった。

南村が指示した《お出入り》を願うお店の暖簾《のれん》をくぐることもなかった。

そういうお店の前を通りかかった折り、

「南村さまは、こちらには必ずお顔を出されますよ」

と、要助が気を廻して言った。

「それは南村さんのしていることで、わたしではないのだ。美味《おい》しい余禄がなくてすまんな」

　龍平が生臭い言いわけをすると、意外にも要助はひそと笑って応えた。

「よろしゅうございますとも。南村さまはしわいお方で、どこにお出入りなさろうと、わたしらには何も美味しいことはございませんでしたので」

「そうなのか。手先の蔵六もそうだったのか」

「はい。蔵六さんはいつもわたしにこぼすんですよ。南村さまがしわいと」

　なるほど、そうなのか――と、龍平は苦笑を隠せなかった。

　蔵六が南村の病療養《やまい》の隙につけこみ、若い鈴本と組んで余禄をせしめようとした目論見《もくろみ》にも、それなりの事情があったのだな。

　奉行所で鈴本と顔を合わせたとき、

「例の件、南村さんによろしく」

　と、それとなく念を押したが、鈴本は「ああ……」と要領を得ない返事をするばかりだった。すれ違ってから後ろの方で、

「雑用掛が定町の見廻りかよ。似合わねえ。あはは……」

と、聞こえよがしに朋輩《ほうばい》と笑い声を立てた。

確かに自分でも似合っているとは思っていないから、龍平は平気である。

蔵六に「必ず」と命じた調べの報告も、一度もなかった。
二、三日中にまた内海に顔を出すしかあるまい、と考えていた。
南村の見廻り分担は、町火消大組の一番組と重複している地域が多かった。

中でも小組の、い、は、に、よ、の界隈は、日本橋北から両国一帯、八辻ケ原《やつじがはら》南の東神田など、江戸でも最も町家が密集している地域だった。

住人が多く、その分、犯罪、災難、住人同士のもめ事や争い事も多いが、龍平が見廻りを始めてより、幸い、その地域に難しい出来事は起こらなかった。

松島《まつしま》町の料亭で、佐倉《さくら》の堀田《ほった》家上《かみ》屋敷の三人の勤番侍が昼間から酒に酔って乱暴を働き、料亭の使用人に怪我《けが》を負わせる一件があった。

料亭の主人と堀田家の留守居役が龍平の仲介でかけ合いになり、料亭の修繕代、怪我を負った使用人の治療代と薬代の名目で詫《わ》び料を支払うことになり、その日のうちに円満解決した。

魚河岸の売子と軽子《かるこ》が喧嘩《けんか》になり、双方三人、六人の乱闘になり、軽子のひとりが日本橋川へ落ちて命を失った。

龍平は全員を本船《ほんふな》町の自身番へ呼びつけ事情を訊き、喧嘩の原因は双方にあるものの、軽子を死なせた売子の三人を大番屋へ収監した。

そしてその夜のうちに入牢《じゅろう》証文を申請し、翌日三人を小伝馬《こでんま》町の牢屋敷に収容する手続きを取った。

強《し》いて言えば、厄介な出来事はそれぐらいだった。

あとは、近所の住人同士の喧嘩、子供の迷子騒ぎ、不良の倅が親の金をこっそり持ち出した泥棒騒ぎ、などほとんどが解決してみればとんだお騒がせをと、町役人や当事者が冷や汗をかく程度の出来事だった。

一方、宮三の報告は新石町の自身番で受けた。

奉行所へ往来する手間が省《はぶ》けるため、龍平は雁之助殺しの現場に近い新石町の番所に探索の拠点を置いた。

ただ八月に入っても、宮三の探索に目ぼしい進展は見られなかった。

雁之助が襲われた当日と前日の二日間、雁之助の足取りは相変わらずつかめていなかった。

訊きこみにより、雁之助は多町の岡場所には、いっていないことがわかったのである。その二日間、利倉屋にはお得意さま廻りをすると言って出かけているのに、お得意さま廻りもしていない。

仕事もせず、雁之助はいったいどこへいったのかは不明のまま、同様に、雁之助の銀煙管、革製の煙草入れ、象牙の根付の調べも埒《らち》はあかなかった。

もやもやとした霧が晴れず、宮三の顔がだんだん難しくなっていった。

その日、人形町《にんぎょう》通りの辻から楽屋新道《がくやしんみち》へ少し入った間口三間（約五・四メートル）の雪駄《せった》屋《津川《つがわ》》に龍平と寛一、中間の要助が踏みこんだ。

店の土間で亭主と年増の女房が激しく罵《のの》り合い、「なにを」「なんだい」と今にもつかみかかろうとするのを、家主と近所の住人が懸命になだめていた。

津川に奉公している小僧が「おかみさんが刺された」と、自身番に助けを求め、見廻りの龍平が駆けつけたのである。

刺されたというのは小僧の勘違いだったが、亭主と女房は相当やり合ったらしく、女房は顔をはらし唇が切れ髪は乱れていて、売り物が散乱し、障子は破れ、棚は倒れ、商いの帳簿や算盤《そろばん》、茶碗や煙草盆までが土間や店の間に散乱していた。

家主は、亭主が持ち出したらしい包丁を背中に隠していた。

「出ていきやがれ。てめえなんぞと、暮らしていけねえ」

亭主が喚《わめ》き、

「ああ、出ていってやるとも。こっちがおまえなんぞお断りだあ。持参金三十両、箪笥長持《ながもち》着物、一切合財《いっさいがっさい》耳を揃えてかえしやがれ」

と、女房は負けていなかった。

「なな、なにをっ。てめえにどんだけただ飯を食わしてやったと思っていやがる。てめえなんぞに渡す金は一文《もん》もねえ」

「かえさないならおまえは泥棒だ。奉行所に訴えてやる」

持参金や嫁入り道具そのほかは、夫婦になっても女房の所有物である。亭主が女房を離縁するときは、それをかえさなければならない。

またしてもつかみかかろうとする二人を、家主と住人が押し戻した。

「よせ、いい加減にしないか。みっともない」

家主が叱咤《しった》するが、気が昂《たか》ぶった二人は収まりそうになかった。

野次馬《やじうま》が店の外に大勢集まっていた。

「よし、そこまでだ。二人ともすぐさま大番屋へしょっ引け。二人の言い分は大番屋で聞く。のみならず、この乱暴狼藉《ろうぜき》、町内を騒がせた廉《かど》で二人の入牢手続きを至急取る」

龍平の張りのある声が、混乱した店の中に凛《りん》と響いた。

龍平のひと声に、一瞬、固まった。

一同が前土間に立つ町方定服《じょうふく》の龍平と寛一、中間の要助へ見かえった。

「あ？」

夫婦も仲裁の家主や近所の住人も、固まったまま、顔に不審の色を浮かべた。

たかが夫婦喧嘩に、大番屋、入牢、などと大袈裟《おおげさ》なという顔つきである。

昂ぶりが急に冷め始めたのか、夫婦は、はあはあ……と肩で息をし、それから力なく店の土間に座りこんだ。

着物と髪が乱れ、顔をはらし、唇を切り、せっかくのお店を散々毀《こわ》し、虚しく罵り合った興奮が、ようやく収まった。

夫婦者は、ぼうっ、と龍平を見た。

龍平は二人を恐れさせせないように、笑みを投げた。

そのとき、店へ男が飛びこんできた。

「旦那、見つかりましたっ」

男が叫んだ。

「甲太《こうた》兄さん……」

「おお、寛一。親分の使いだ。日暮の旦那、根付が、例の根付が見つかりました。親分が至急おいで願《ねげ》えてえと、先にいって旦那の到着を待っていらっしゃいます。ば、場所は両国吉川町《よしかわ》」

甲太は宮三の手下である。両膝《ひざ》に手をつき、息を苦しげに切らした。

半刻《はんとき》（約一時間）後、下柳原同朋町と吉川町の境の小路を、同朋町側の蕎麦《そば》屋の格子窓から龍平と宮三、寛一、中間の要助それに宮三が抱える手下の甲太と二人の若い衆が見守っていた。

七人が見守る小路の先に、酒場の《内海》が小さな店を構える吉川町の路地の出入り口がある。

内海に蔵六はまだ戻っていなかった。健五と眉《まゆ》の薄い痩《や》せた男、それにもうひとりの仲間の三人もいない。

龍平らは蔵六が戻ってくるのを待っていた。

橋本町の根付屋で、孔子を彫った象牙の根付が見つかった。

その根付を売りにきたのは三人連れの男らで、十数日前のことだった。

住まいも名前もわからないが、まれに両国界隈で見かける地廻《じまわ》りふうの男らの顔を、根付屋の主人は見覚えていた。

ひとりは背中に蝶の字を抜いた紺《こん》の看板を着ていて、大きくて高い鼻の周りを皺《しわ》だらけにして喋《しゃべ》る癖があり、もうひとりは眉が薄く痩せていて、その細い目で見つめられるとぞっとする不気味な相貌《そうぼう》だった。

主人は、もうひとりは……と話した後、

「そうそう、吉川町の内海の亭主の蔵六さん。蔵六さんのお仲間ですよ。蔵六さんの仕事の手伝いもしていらっしゃるようですね」

と言い添えた。

蔵六が町方の手先を務めていることは、界隈では当然知られていた。

象牙の根付はそんな男らの持ち物に似合わない上等な作りだったが、町方の手先をしている蔵六の仲間だから、と主人は盗品とは思わなかった。

「十数日前なら、雁之助さんが八丁堤で襲われた夜よりほんの五、六日あとのことでしょうかね。一年とはいかなくとも、せめて半年ぐらい売らずに置いていたら、見つかったかどうかわからねえ。足がつくとは思っていなかったのか、やつら、粗雑で半端《はんぱ》な破落戸《ごろつき》どもですよ」

宮三が窓越しに小路の先を睨んで言った。

「蔵六は知っているのかな。蔵六とはどんな男だ」

龍平も路地の出入り口を見守りつつ訊いた。

「たぶん、知っているでしょう。南村の旦那の手先を務めながら、追剝の仲間には加わっていねえと思いますが。根は臆病《おくびよう》なくせに、物事にすぐ高をくっていい加減になったり、陰日向《かげひなた》のある男かもしれません」

宮三は同じ手先の立場のためか、蔵六に苛立《いらだ》ちを覚えているようだった。

「きました」

夕方七ツ（午後四時頃）の時の鐘を合図にしたかのように、寛一が抑えた声で言った。

甲太ら手下が、そうっと戸口に集まった。

表戸が少し開いており、そこからも小路が見通せる。

浅草御門の方から、蔵六を先頭に見覚えのある健五ら三人が従い、小路に雪駄をだらしなく鳴らした。まったく用心をしているふうには見えなかった。

龍平らは、蔵六たちが路地へ消えてから蕎麦屋を出た。

小路はまだ昼間の明るさで、人通りもあった。

「わたしがひとりで店に入る。親分たちは路地を固めて、逃げ出すやつを捕まえてくれ」

「承知しました。路地と小路の両方を固めます」

龍平と宮三は路地の出入り口へ向かいながら、手筈《てはず》を決めた。

内海の裏口は隣りの家との隙間を通って小路へ出る。

龍平は路地の角から、男らが内海に入るのを確かめた。

内海の看板行灯《あんどん》にまだ灯は入っていない。

「いこう」

龍平が先頭に立ち、宮三、甲太、寛一、要助と続き、若い衆の二人は小路に残った。暖簾はなく、油障子に《うつみ》と記してある。

声をかけず、いきなり腰高障子《こしだかしょうじ》の表戸を開け放った。

四人は長板を渡した周りの樽の腰かけにかけたばかりで、長板の卓にはまだ何も置かれていない。

ただ、戸口に立った龍平を啞然《あぜん》と見つめた。

竈《かまど》が薄い煙を上げている調理場の仕切りの奥より、年増《としま》の女房がしかめ面を龍平に向けてきた。

「御用だ。おまえたち四人に訊きたいことがある。番所まできてくれ」

龍平は努めて冷静に言った。

「御用だと。てめえ、この前の腐れ役人じゃねえか」

と、健五が顔を歪《ゆが》めた。

「てめえよお、あんまりしつこいと、役人だからって大目に見ねえぜ」

「目障りだ。戸を閉めて帰《けえ》んな。怪我しねえうちによう」

眉の薄い男が、がたん、と腰かけを壁にぶつけて腰を上げた。

龍平と同じくらいの背丈だった。

斜《はす》に構えて懐《ふところ》に手を入れている。

いかにも物騒な気配だった。

「怪我？　御用だと言っているだろう。おまえたちは、御用に逆らう気か。蔵六、それでいいのか」

蔵六は龍平を睨み、うう……と口ごもった。

「女の腐ったみたいに、しつこくちょこまか顔出しやがって。そういうのはおらあ、いらいらするんだ。腐れがなんの御用だ。偉そうに」

「帰れ、腐れ……」

眉の薄い男が、雪駄を土間にずるっとすった。

どこかの箍《たが》がはずれている声だった。

「おまえ、健五だったな。訊きたいのはおまえたちが橋本町の根付屋で売った象牙の根付の件だ。孔子を彫った高価な根付だ。忘れてはいまい」

眉の薄い男が懐から匕首《あいくち》を抜いたのは龍平が言い終わる前だった。

銀色の刃が龍平に牙《きば》を剝《む》いた。

その一瞬あとに黒羽織が翻《ひるがえ》り、博多帯の結び目に差した朱房《しゆぶさ》の十手《じつて》を抜き取った龍平の半歩の動きが、牙の反応を狂わせた。

ん？

牙は龍平の動きについていけなかった。

十手のひと薙《な》ぎが、匕首を握った男の手首を砕き、かえす一撃がこめかみを高らかに鳴らした。

男は痛みに鈍いのか、ひと言も声を上げなかった。

ただ薄い眉をしかめて仰《の》け反《ぞ》り、龍平へ不思議そうな目つきを投げながら樽の腰かけを倒し横転した。

匕首が、ちゃら、と音を立てて土間に落ちた。

すかさず十手を振りかぶった。

長板の卓の向こうに立ち上がった健五の額へ、三打目を打ち落とした。額が破れ、一瞬の間を置いて血が噴き出した。

健五は悲鳴を上げ、両手を宙に震わせてよろける。

よろけた健五の襟首《えりくび》をつかみ、龍平は卓の向こうから引っ張り出した。

健五の身体《からだ》が卓を飛び越えて、反対側の入れ床へぶつかり、それから「くわっ」と蛙《かえる》のように喚いて仰向けに土間へ転がった。

龍平は襟首を離さず、健五を無理やり立たせて店の外へ突き飛ばした。

健五は路地の向かいの家の壁に撥《は》ねかえされ、そのはずみで内海の看板行灯とともに倒れこんだ。

そこを、宮三らがたちまち搦《から》め捕った。

三人目は年増が金切り声を上げる中、茶碗や鍋《なべ》をひっくりかえして調理場の裏口から逃げ出した。

だが、小路へ出たところで待ち構えていた若い衆に取り押さえられた。

その間、蔵六は逃げ出すことも手向かうこともできず、腰かけから立ち上がることもできずにいた。

「蔵六、おまえも逆らうか」

龍平は十手を突きつけた。

「あっしゃあ、別に、何も……」

蔵六は激しく震え始めた。

「おとなしく外へ出ろっ」

蔵六は震えつつ、まごついた。

「親分、蔵六を頼む」

路地の健五を縛り上げた宮三に声をかけた。

「へい」

宮三が店に入ってきて、蔵六の肩を絞り上げるようにつかんだ。

「さあ蔵六、くるんだ」

「寛一はこいつを頼む」

宮三に続いて駆けこんできた寛一が、白目を剝いて気絶している眉の薄い男の両脇を抱え、これも路地へ引きずり出した。

「あんたはしょっ引かないが、いずれ話を聞くことになる。知らなかったではすまされないのだ。逃げ隠れするといっそうまずいことになる。いいな」

龍平は振りかえり、竈の側で身を縮めている年増に言った。

年増はうな垂れ、小首を何度も振った。

路地では蔵六が座りこんで顔を覆《おお》っているのを、宮三と甲太が「手間を取らすな」と抱え上げたところだった。

四

四人を南茅場《みなみかやば》町の大番屋へ収監したとき、日はもうとっぷりと暮れていた。

大番屋は張番所《はりばんしょ》から鞘《さや》土間が伸び、鞘土間に沿って三寸角の樫《かし》材が三寸置きに縦格子になった監房が並んでいる。

監房は鞘土間の一方以外は三方の壁と床天井ともに板張りで、三畳ほどの広さしかない。

健五ら三人をひとつの監房に入れ、蔵六だけを離れた監房へ収監した。

大番屋は日本橋川に面した蔵地の一画にあり、対岸も小網《こあみ》町の蔵地である。

夜五ツ、日本橋川堤の水草の中で秋の虫が鳴いているのが聞こえる。

張番の提《さ》げた提灯《ちょうちん》の灯が、大番屋の鞘土間を照らした。

張番の後ろを龍平と宮三が進み、健五らの監房の前へきた。

監房内を照らすと、横になっていた健五らが慌てて起き上がり、牢の縦格子へすがった。

「おい、腐れ役人。おらたちは何も知らねえんだ。あ、あの根付は道で拾ったんだ。おらたちは何もしてねえんだ。出せえ、出しゃあがれえっ」

健五が喚き立てた。

「出せえ、出せえ」

「出してくれえっ」

あとの二人が健五を真似《まね》て叫んだ。

張番が激しく怒鳴った。

「静かにしないか。水をぶっかけるだど」

その三人の監房の前をすぎ、蔵六の監房の前にきた。

蔵六は壁の隅に、肩を落として座っていた。

張番が鍵を開け、宮三が提灯を預かった。

龍平と宮三が監房へ入ると、張番は鍵をかけ鞘土間を戻っていった。

蔵六が恐る恐る龍平を見上げた。

「蔵六、南村さんに話してきた。今日までのことを全部だ。じたばたしても仕方がない、覚悟を決めてお裁《さば》きを受けろ、と南村さんは仰っていた。罪を犯したならおれにはどうしようもない、ともだ。つれないもんだな」

龍平が言うと蔵六の顔は青ざめ、身体が小刻みに震えた。

目をぎゅっと閉じ、懸命に恐怖を堪《こら》えているかに見えた。

「こそ泥やかっぱらいの話ではない。追剝強盗の末の殺しの嫌疑だ。健五らと一緒に獄門《ごくもん》になるかならないかの瀬戸際《せとぎわ》だぞ。知っていることを洗い浚《ざら》い話して、少しでも罪を軽くしたらどうだ」

いやだ、いやだ、というふうに蔵六は首を左右に振った。

「おまえがあいつらの仲間なら何も言うな。盗まれた根付を売りにいったのはあいつらだから、あいつらのひとりひとりにこれから問い質《ただ》し、事情を全部白状させる。一日、二日、三日四日五日、あるいは十日、何日かかっても必ず吐かせる。今はまだ、根付は拾った、追剝は知らない、と口裏を合わせるつもりだろうが、どこまで耐えられるかな」

蔵六が怯《おび》えた目を見開いた。

明らかに、白状するかしないかを、迷っているのがわかった。

「三人が同じように耐えれば切り抜けられるかもしれぬが、三人のうちのひとりでも耐え切れず白状すれば、こちらはそれで充分なのだ。あとは牢屋敷へ収監され、詮議所《せんぎしょ》のお裁きを受けるだけだ。お白洲《しらす》の場でどこまで、拾った、知らない、と言い逃れられるか。

「蔵六、おれたちはお上の手先だ。手先が牢へぶちこまれたらどんな目に遭わされるか、承知のうえだな。手先は旦那方の助けがなきゃあ、牢屋の中じゃあ十中八九生き延びられねえ。たとえ無実でもな」

宮三のかざす提灯の明かりが、蔵六の怯えた目からこぼれる涙を照らした。

「だ、旦那、宮三親分、あっしゃあ何もやっちゃあ、おりやせん。全部あいつらが勝手にやったことなんだ」

蔵六は声を絞り出した。

その声が健五らの監房にまで届いたのか、健五の喚き声が鞘土間に流れた。

「蔵六、腐れの口車に乗せられるんじゃねえぞ。そいつら、人に罪をなすりつけて手柄を立てようって魂胆《こんたん》なんだ。そいつら、おめえのためだとぬかしながら、てめえのことしか考えちゃあいねえんだぞ」

張番が鞘土間にきて、「黙れ」とまた怒鳴った。

鞘土間が静まり、日本橋川の虫の声が寂しげに聞こえる。

「町方の手先を務めるおまえが、あの三人と組んで追剝強盗を働いたとは思わぬ。利倉屋の雁之助が八丁堤で追剝に遭ったのは先月十三日、盂蘭盆《うらぼん》の迎え火を焚《た》く日だ。あの日の夜、おまえは何をしていた」

「あ、あっしゃあ、内海で呑んでおりやした」

「あいつらと一緒にか」

蔵六は黙って首を横に小さく振った。

「蔵六、おまえはあいつらと一緒ではなかったが、そのあと、あいつらが何をしたのか、気づいていたな。気づいて気づかぬふりをしていたな」

「気づいちゃあおりやせん。ただ、怪しいとは、思っておりやした」

「なぜ怪しいと思った」

「きゅ、急に金廻りがよくなって、柳橋の芸者を揚《あ》げて、何日も、遊び呆《ほう》けておりやしたもんで」

「おまえも一緒にか」

蔵六はうな垂れた。

「ほかには……」

「根付を見やした。それから銀煙管と革製の煙草入れでやす」

「どんな根付だった」

「象牙の、唐《から》の偉い人を彫ったとかいう値の張りそうな根付でやす」

「銀の煙管と革の煙草入れも、あいつらが持つような品ではなかったのだな」

蔵六はまた首を、震えるように落とした。

「八丁堤の雁之助殺しは南村さんの指図で鈴本さんが掛になった。おまえは南村さんの指示で、鈴本さんの調べの助手《すけて》をしていたのだろう。鈴本さんには話さなかったのか」

「鈴本の旦那は、追剝が金をどれだけ奪いどんな物を盗んだかは何も仰らず、その筋の玄人《くろうと》の話をできるだけ多く拾ってこいと言われるばかりでやした。それに、どうせ見つかりゃあしねえと端《はな》から投げていらっしゃいやしたので、あっしもそれでいいんだと」

「値の張りそうな根付を見て、健五らには何か言ったのか」

「やばい品なら早く始末しろと忠告しやした。健五の野郎、質屋や道具屋に売るんじゃねえぞと念を押したのに、遊ぶ金はすぐに使い果たしたみてえで、金に困ったら後先を考えずになんでもやってしまうやつらなんです」

銀煙管や革製の煙草入れも、すでに売り払っているのだろう。

雁之助を殺して奪った高価な根付や銀煙管、革製の煙草入れを、遊ぶ金欲しさに殺しのあとわずか五、六日で、しかも自分らの顔が割れている町内で売り払っていたのだ。

なんという粗雑な、と龍平は覚えつつ、一方で雁之助が夜になぜ八丁堤を通ったのかという疑念がいっそう深まった。

「おまえの話はわかった。あとはあいつらに訊く。しばらくかかるかもな」

宮三が張番に用がすんだことを伝えた。

張番がきて留め口の鍵を開けているとき、蔵六が龍平にすがった。

「旦那、お願《ねげ》えしやす。見逃してくだせえ。あっしは何も知らなかったんだ。牢屋敷は勘弁してくだせえ。南村の旦那にあんなにつくしたのに、これじゃああんまりつれねえじゃねえですか。たったこれっぱかしの落ち度で、あんまりだ。宮三の親分、親分からもお願えしやす」

そう言って蔵六は咽《むせ》び泣いた。

五

健五ら三人への訊問《じんもん》は翌日午後までかかった。

入牢証文は掛の同心が奉行所に要請し、奉行用部屋の手附同心が作成したものを詮議役が承諾して交付される。

その入牢証文があって囚人は小伝馬町の牢屋敷へ引き渡され、奉行所のお白洲の詮議、つまり裁判はそのあとに始まるのである。

根付は拾った、追剝なんてとんでもねえ、と言い張っていた三人の態度が崩れ始めたのは、夜を徹した牢問いを続け、翌日の日が高くなったころだった。

ひとりが崩れると、残りの二人の白状に手間はかからなかった。

三人の頭格《かしらかく》の健五は、ちくしょう、どうせ助からねえならどうでもいいや、という素振《そぶ》りを見せ始め、捨て鉢なせせら笑いをして、洗い浚い白状した。

しかし龍平は入牢証文を申請する前に、南村を再び訪ね、蔵六への処置を相談した。相談の結果、蔵六は解き放ちにした。

「あの馬鹿が。けど、使いようによっちゃあ役に立つ男だ。日暮、今回は見逃してやってくれねえか」

「蔵六にやらせている調べもあります。わたしもそれでいいと思います」

南村に龍平は賛同した。


龍平が亀島町の組屋敷に戻ったとき、八丁堀の空はもう夕刻の茜《あかね》色に染まっていた。

麻奈と姑《しゅうとめ》の鈴与が夕食の支度にかかっており、土間続きの板敷で舅《しゅうと》の達広が元気に這《は》い廻る菜実の相手になっていた。

菜実は、達広の肩にすがって立ったりもしている。

昨日から一睡《いっすい》もせず、無精髭《ぶしょうひげ》が生えてくたびれた汗臭い龍平を、

「おかえりなさい。ま、お疲れだこと」

と、麻奈の白い顔が屈託なく笑った。

達広の肩にすがって立った菜実が、母親を真似て何か言い、輝く笑顔を龍平に投げた。俊太郎は遊びにいったまま、まだ戻っていない。

湯屋でひと風呂浴びてさっぱりしたいところだが、近ごろの湯屋は遅くまで開けるようになってはいるけれど、それでも暗くなるころには閉めるため、客が混

んでいる刻限だった。

それも気が引ける。龍平は達広と鈴与に帰宅の挨拶をし、それから井戸端で身体を拭《ぬぐ》った。

日暮家に婿《むこ》入りする前は、湯屋へいくのが面倒で、冬場でも震えながら水を浴びたものである。若さゆえか、それでも平気だった。

着替えをすませて台所へ戻ると、麻奈が茶を用意していた。

温かい茶が身体中に溜まった固い疲れをほぐした。

達広と遊んでいた菜実が、茶を喫している龍平の膝元へ這ってきて、膝に紅葉《もみじ》のような掌《て》を置き、何やかやと話しかけてきた。

菜実はどうやら、お喋りな娘になりそうだった。

鈴与が台所仕事をしながら、菜実の様子を見かえって言った。

「俊太郎も菜実も、お父上が好きですね」

「たまにしか居ませんから、優しい父親でいられるんです」

麻奈が龍平と菜実へ笑みを向け、微笑《ほほえ》んだ。

菜実を産んで以来、麻奈は少しふくよかになってきた。

娘のころから、女だてらに、と不思議がられる学問好きで、しかも亀島小町《こまち》と評判になるほどのすっと背の高い器量《きりよう》だったので、亀島小町は身分が低いのに頭《ず》が高い、と年ごろの若い男らにからかわれた。

子を産んで母としての艶《つや》がふっくら乗り始めた、と言っていい。よく食べるし、と龍平はむにゃむにゃ話しかけている菜実と麻奈を見較《みくら》べつつ思った。

「龍平さん、忙しそうだね」

達広は龍平を、婿養子に入り足かけ九年がたった今でも《龍平さん》と呼ぶ。八丁堀生まれ八丁堀育ちの達広の、さらりとした人とのかかわり具合いが、初めは意外だったけれども、慣れれば龍平には心地よかった。

これが八丁堀ふうなのか、と思われた。

「じつは昨日、先月の八丁堤の追剝強盗を捕まえましてね。ついさっき牢屋敷へ引き渡してきたのです」

「おお、先月の八丁堤の追剝強盗を捕まえたのか。襲われたのは品川町裏河岸の利倉屋の番頭、だったね」

「雁之助という番頭です」

「それはよくやった。お手柄じゃないか」

「宮三親分の手下が地道な訊きこみを続け、偶然、手がかりがつかめました。運がよかったのです」

運だけではないが——と達広は言い、気持ちよさそうに笑う。

「宮三親分は有能な男だ。龍平さんはいい手先を持った。あんたの人徳だね」

「とんでもありません。それより父上……」

龍平は菜実を膝に抱き上げ、話し始めた。

というのも、健五ら三人は洗い浚い白状したものの、中にひとつ「どういうことだ」と首を傾げる疑念が残ったのである。

その疑念には三人が揃って「嘘《うそ》じゃねえ」と、言い張った。


迎え火から始まる盂蘭盆初日、鎌倉河岸の酒場で呑んだ帰途、酒に酔った健五ら三人は、箍《たが》のはずれたもやもやを抑えかねて龍閑橋より神田堀の八丁堤を東へだらだらと取っていた。

片側の土手は松の樹林が続き雑草に覆われ、片側は神田堀の切岸になった八丁堤の道は、夜は人通りが急に途絶え、寂しく薄気味悪く、町内の者ならひとりでは通らない。

だが三人という心強さに、追剝でも辻斬りでも出てきやがれ、と気が昂ぶっていたし、万が一誰かといき逢《あ》ったなら、三人が因縁をつけて鬱憤《うっぷん》晴らしか相手次第では追剝に変貌しかねない勢いだった。

龍閑橋を東へ次が乞食《こじき》橋、主水橋、今川橋と続く、主水河岸のある主水橋から今川橋へ向かう八丁堤の堤道で、三人は暗い道の向こうに走り去るかすかな下駄の音を聞いた。

気にも留めずに道をゆく途中、道端に倒れている人らしき影を見つけ、初めは吃驚《びっくり》した。

「なんでえ。吃驚させやがって」

と、喚いた。しかし、三人が近寄っても人影はまったく動かず、うめき声ひとつもらさなかった。

人影は男だったが、年ごろまではわからなかった。いき倒れか酔っ払いか、どっちにしろ懐の物、金目の物が残っていればいただこうぜ、と相談がまとまった。

だが、人影に近づいて、すぐに仏とわかって驚いた。背中に戦慄《せんりつ》が走り、思わず悲鳴をあげそうになった。

びくつきながらも身体に触ってみると、まだ温もりが残っていて死んで間もないらしかった。さてはさっきの下駄の音が、と健五は一瞬疑念を抱いた。

だが、すぐに忘れた。仏の懐にずしりと重い革の財布が残っていたからだ。

中にはなんと小判七両と、金貨銀貨、それに銅貨も雑《ま》じって残っていた。

金を抜いて財布はそこらへんに捨てた。続いて、

「兄き、こいつぁいい品だぜ」

と、ひとりが仏の帯に挟んだ革の煙草入れと根付を抜き取った。

取り出した煙管は、十三夜の月明かりに映えて銀色に光り、根付は青白い炎を
ゆらめかしているかに見えた。

「それも金になる。寄越《よこ》しな」

なんと盆の日にご先祖さまのお導きかね。ありがてえじゃねえか。

健五らは言い合い、戯《たわむ》れに合掌《がっしょう》をした。

そのとき、ひとりが「ひゃあっ」と悲鳴を上げた。

「なんでえ」

「め、目があ……」

指差した仏へ見かえった健五は、腰を抜かしそうだった。

仏と思っていた男の目が大きく見開かれ、声も出さずにただ仰向けのままじっ

と動かず、三人を見上げていたのである。

男が間違いなく生きているのが、ゆっくりとしたまばたきで知れた。

「ま、まずい。死人が生きかえった。わわわ」

健五は狼狽《うろた》えた。だが即座に、

「いき、息の根え、とと、止めろ」

声を絞り出した。

ひとりが懐から匕首を抜き取り、長い腕で高々とかざした。

健五ともうひとりへ、眉の薄いのっぺらぼうのような顔を向け、それから男の胸に匕首を、一気に突き立てた。

男はやはり身動きせず、声も立てなかった。

ただじっと三人を見上げ続けている。

「なんでえ、こいつ。やっぱり死んでやがるのけ」

ひとりが言った。

眉の薄い男が胸の匕首を抜き取ると、噴《ふ》いた血が、ぴゅうっ、という音をたてた。

そこまで聞いて龍平は、ふと、橋町のお篠の家を訪ねるとき、道々、俊太郎から聞いた不忍池弁才天での出来事を思い出していた。

俊太郎は何が起こったのかよくわからないと言い、龍平にも定かには呑みこめなかった。それと、似ている、と龍平は思ったのだ。

俊太郎は、お篠が蹴られた足に少し手を添えて避《よ》けただけなのに蹴った男が足の痛みを訴えて倒れ、もうひとりはお篠が手をかざしたと見えただけで、蛙みたいに潰れて、声もなく俊太郎たちを見上げていた、と言った。

雁之助はそういうありさまで、八丁堤の道端に倒れていたのではないか。声も出せず、手足も動かせず、自分の身に起こったことがわからず、じっと……

「健五、おまえら三人は先月の中ごろ、不忍池の弁才天で小さな子供に乱暴を働いたことがあっただろう」

龍平は訊問を変えた。

「子供に？　冗談じゃねえや。餓鬼《がき》なんぞ知るかよ」

健五は顔をしかめた。

「その折り、若い女が子供らを庇《かば》った。おまえは女にも乱暴を働こうとして、急に足を痛めた。覚えていないか」

健五は首をひねった。都合の悪いことはよく覚えていないらしい。

「なぜ急に足を痛めたのか、説明できるか」

ええ？　なんの話でえ、と健五はまったく要領を得なかった。

蛙みたいに潰れた眉の薄い男は、「わからねえ」を繰りかえすばかりだった。

「血がぴゅうっと。ほお、雁之助が死体ではなかった、ということだね」

達広が考えつつ言った。

「三人の白状ではそれだけは揃っていました。追剝狙いで襲ったのではない。男が倒れていたので、人目もないしつい出来心で懐を狙ったが、男にじっと見られているのに気づき、気が動転して思わず始末した、と言うのです」

「ふむ。気が動転して殺す気はなかったが、という言いわけか。倒れていた雁之助は目を開けたまま気を失っていたのかい。ただ、いくら気を失っていたとしても、胸をひと刺しにされて身動きもうめき声もなかった、というのは信用がならぬな。あるいは動転した三人の思い違いではないか」

「ええ。ですが三人ともが男は倒れたままこっちを睨んでいて、ぎょっとしたと繰りかえし言っておりました。洗い浚い白状して、そこだけ嘘をついているとは思えません。気はついているけれど身体の自由が利かない、そんなありさまだったようです。それも、致命傷のひと刺しを受けて、うめき声さえ立てず、身動きひとつしないのです」

龍平は菜実を膝に乗せ、ゆっくりと動かした。

「不思議だな。そういうことがあるのかな」

「そういうことがあるとすれば、三人が通りかかる前に、誰かが雁之助をそんな目に遭わせた、ということになります」

「そうだ。ほかにも誰かがいた、と思われる」

達広は腕組みをして考えた。

夕食のおかずの揚物の音と、香ばしい匂いが台所に漂《ただよ》った。

「雁之助は誰かと八丁堤で会っていた。その誰かと争いになり、気は失わずに身体の自由を奪う奇妙な技をかけられた。争った誰かは逃げ、そこへ三人の男らが通りかかり、懐の物を奪われ、見られたからと、息の根を止められた」

菜実は龍平の膝の上で、おとなしくゆられている。

「父上、お帰りなさい」

俊太郎の元気な声が、台所の土間に響いた。

「うん。俊太郎もよく遊んできたか」

はい――と、俊太郎が土間をばたばたと走る。

「俊太郎、静かにして。手と足を洗いなさい。もうすぐご飯ですよ」

麻奈が言うと、菜実が口真似た。

言葉はわからないが、音の調子が麻奈の口調にだんだん似てくるので、笑わされる。

手足を井戸で洗った俊太郎は、麻奈と祖母の鈴与が見ているので行儀よく板敷に上がって龍平の前に座った。

「お帰りなさいませ」

と、龍平に改まって言った。

「昨夜は奉行所に、お泊まりですか」

「奉行所ではない。茅場町の大番屋にいた」

「大番屋なら、何かの取り調べに？」

「父上はな、とても重要な一件を落着させたのだ」

達広が俊太郎に小声で言った。

麻奈と鈴与は、斬った斬られた、殺した殺された、などの仕事の話を龍平と達広が俊太郎に聞かせることをいやがっていた。

麻奈と鈴与の揚物の音が、台所を包んだ。

ごま油の匂いが食欲をそそった。

「へえ。それはお手柄ですね」

俊太郎はませた口調で言い、にいっ、と笑った。それから龍平の膝の菜実の小さな手を取り、

「菜実、父上がお手柄を立てたよ。よかったね。偉いね」

とあやした。

「昨日、坂本町の絵双紙屋さんで涌井意春さんの絵が売られているのを見ました。お篠さんだと、すぐにわかりました」

俊太郎は菜実をあやしていた顔を上げた。

「ほお、涌井意春さんの錦絵か。今度通りかかったらのぞいてみよう。なんという絵双紙屋さんだい」

「山王《さんのう》さまの通りの《香泉堂《こうせんどう》》さんです。でも早くいかないと売り切れちゃいますよ。意春は売れゆきがとてもいいと、お店のご主人が仰っていましたから」

どうやら俊太郎は、この小さな身体で、錦絵師・涌井意春の美人画を絵双紙屋の主人と語り合ったと見える。

「ああ、俊太郎を助けてくれたお篠さんのご亭主の涌井意春だね」

達広が横からまた言った。

「そうだ、俊太郎、先月の不忍池の弁才天でお篠さんに助けられたときのことを、あの話をもう一度聞かせてくれないか」

「え？　はい、いいですよ。何をお聞きになりたいのですか」

俊太郎が屈託のない笑みを頷かせた。

「お篠さんが助けて……」

と言いかけたとき、麻奈の声がかかった。

「はい、お話はそこまで。お食事の支度《したく》ができました」

麻奈と鈴与が板敷の上がり端に膳を積んでゆく。

山菜、紅生姜《べにしょうが》、それに鱚《きす》の天ぷら、茄子《なす》と人参《にんじん》と大根の漬物、若布《わかめ》と胡瓜《きゅうり》の膾《なます》、味噌汁、それに温かいご飯だった。

下男の松助は今夜は縁者《えんじゃ》に法事があり、戻りが遅くなる。

それぞれの膳を取って並べていく。

「龍平さん、一杯、冷でやろうか」

達広が言い、

「いいですね。揚げたての天ぷらに冷酒、いいですね。堪《こた》えられませんね」

と、龍平は満面の笑みになった。

六

疑念がひとつ、残った。

菱垣廻船問屋・利倉屋の番頭の雁之助の足取りである。

一件は健五らを捕えたことでほぼ決着がついた、といっていい。

しかし詮議所お白洲の詮議が始まるまでに、雁之助の当日の足取りはつかんでおかなければならなかった。

健五らは、雁之助がすでに倒れていたと主張するだろう。そうなれば詮議の場で雁之助の足取りが取り沙汰《ざた》されるのはあきらかだった。

雁之助がお篠を描いた意春の美人画を持っていたことと、健五らが白状した、気づいていながら骸《むくろ》のように自由な身動きのならない奇妙な状態というのが、龍平の心底にわだかまりを作っていた。

雁之助が命を奪われた当日と前日の二日間、お店にはお得意さま廻りと言い残して出かけたのに、お得意さま廻りをした形跡がない。

お得意さまの名や仕事の段取り、成果、約束事、次回の談合の日取りなどを記す手控帳にも、最後の二日間は何も記されていなかった。

番頭部屋相部屋の朋輩らは、小僧のときからお店奉公をして数十年を勤め上げ、女房も子もなく三十代の半《なか》ばをすぎ四十歳の声が聞こえてくると、何もかもを投げ出して行方《ゆくえ》をくらましたくなるときが誰にでもある、と言った。

「仕事がまったく手につかず、遊び呆けたり、ただぼうっとしたり。でもそういうときを乗り越えてこそ、われわれ奉公人はまた新たな気持ちで仕事に取り組めるんです。そういうときもあるんです」

その二日、雁之助もそうだったのではないか、と言うのである。

十二日の夜、雁之助はお店に戻り、どこのお得意さまへ廻ったかを言わずお店の飯も食わず寝てしまった。

お店には雁之助の振る舞いに口を出す者はいなかった。

これが、十日、半月、ひと月となると、さすがに大番頭や頭取から「いったいどうしたんだ」と問い質しもしたろうが、まだ一日や二日のことだった。

十三日の朝、雁之助はやはりお得意さま廻りと称し、ひとりで出かけた。

お店は盆の藪入《やぶい》り前の少し浮き立った気分に包まれていたこともあり、誰も雁之助に「どちらへ」とは訊ねなかった。

そうしてその夜の五ツ半すぎ、雁之助の亡骸が八丁堤で見つかった。

宮三の調べで、雁之助はその二日間、ときどき遊びにゆく神田多町の岡場所へいっていないことがわかっている。

品川町裏河岸周辺にある二、三のいきつけの小料理屋や酒場へも、顔を出していなかった。

そこへ、雁之助の息の根を止めた健五ら三人の白状から、雁之助は八丁堤で誰かと会っていたのではないか、という新たな疑念が浮かんだのである。

仕事ではない誰かに会う用が、雁之助にあった。

たとえば、その誰かと会う用で二日間を費《つい》やし、それがわたくし事だったと考えれば、仕事の手控帳に何も記さなかったのは筋が通る。

どんな用だったのか、それはわからない。

相手がひとりか二人か三人か、人数も知れない。

しかし雁之助と誰かは、親しい間柄、懐かしい間柄ではなかった。

あの人気の途絶える寂しい夜の八丁堤へは、どちらが誘ったのか。

もしかして雁之助は、二日間、その誰かを探し廻っていたのかもしれない。二日目、たまたま両方が八丁堤を通りかかりゆき逢った。そして雁之助と誰かはなんらかの争いになり、雁之助は倒された。ただ誰かは、雁之助の身体の自由を奪ったが、命は奪わなかった。むろん懐は狙ってもいない。

身体の自由が利かずに倒れているところへ、健五らが通りかかった。龍平は疑念を払った。いずれにせよ、疑念はあくまで、目先の金のためには後先も考えず人の命も虫けらのように奪って平然としていられる健五らの白状を真に受けたなら、である。

馬鹿げている。思いつつなお、なぜだ、何があった、とぼんやりした疑念はくすぶった。

翌日午前、宮三が先に立って、龍平、寛一、中間の要助の四人は新石町の通りを地本問屋の仙鶴堂へ向かっていた。

通りがかりがみな、「梅宮の親方、お日和《ひより》で」とか、「親分、お世話になりやす」などと声をかけ、宮三も「はい、どうも」「お変わりはございませんか」と丁寧《ていねい》に会釈《えしやく》をかえしてゆきすぎた。

この界隈での宮三の顔の広さがうかがえた。

通りの先に、店の軒下に立てた仙鶴堂の看板が見えた。

白地に墨文字で仙鶴堂と記してある。

宮三は仙鶴堂の訊きこみは当然やっていた。しかし、雁之助の二日間の足取りをつかむ手がかりは得られていなかった。

雁之助が人気錦絵師・意春の美人画を持っていたことに、不審はなかった。

仙鶴堂から売り出された涌井意春の美人画は、多くの愛好者が持っている。

だからそれは、龍平に芽生《めば》えたほんの小さな気がかりにすぎなかった。

「どうも、お役人さま、梅宮の親方、ご苦労さまでございます」

仙鶴堂の主人が店の間に手をついて言った。

店の棚に様々な読本や絵双紙が積み上げられ、別の棚には一枚絵、二枚絵、四枚絵、などの錦絵が飾られている。また一隅には、色摺《いろずり》半紙の艶本専門の棚もあった。艶本の棚の周りに客が数人集まっている。

「お役人さま、店先は狭《せも》うございます。どうぞ中へお入りくださいませ」

「いや。宮三の親分があらかたは訊いているので、わたしからは二、三、別のことを訊きたいだけだ。すぐすむから、ここで」

　と、客の邪魔をせぬよう前土間の脇に寄って、立ったままの龍平らと店の間の上がり端に畏《かしこ》まった主人が向き合った。

「涌井意春の絵は見えないが、もう売っていないのか」

「いえ。売り切れなのでございます。意春先生は今一番の人気錦絵師でございます。先月下旬に新作の四枚物を売り出したのですが、一昨日売り切れ、急ぎ刷り増しを頼んでおるところでございます。意春先生には新作もお願いしてございますので、今月中にはそれも売り出せましょう」

「やはり美人画で？」

「それはもう、意春先生といえば美人画でございますよ。意春先生のお篠ものは大当たりでございますから」

「お篠とは意春のおかみさんだな」

「さようでございます。恋女房と申しますか、惚《ほ》れて惹かれて夫婦《めおと》になったおかみさんのお篠さんを手本に描かれておられます。確かに綺麗なおかみさんですよ。絵ではご本人より少し艶っぽい年増に描かれておりますが、本物のお篠さんは、やや小柄なきゅっと締まった立ち姿で、年増というより、童女《どうじょ》のあどけなさを残した、はっとさせられる目鼻立ち、というお方でございます」

龍平はお篠の容姿を甦《よみがえ》らせた。

「お篠本人を知っているのか」

「存じております。意春先生のお住まいでご挨拶いたしましたし、おかみさんができ上がった絵を届けてくださいます」

「お篠が意春の絵を、こちらへ届けにくるのか」

「はい。でき上がりの日を決めて店の者がうかがうのですが、たいていはできておりません。後日、おかみさんが届けてくださいます」

「近いところでは、いつ、こちらへ」

「先月中旬の四枚物の絵を届けてくださったときでございますから、ううんと……あ、今お調べの八丁堤で追剝強盗のあった七月の十三日の夕刻でございます。でき上がりが遅れに遅れましてね。やきもきいたしました」

龍平と宮三は顔を見合わせた。

「夕刻のいつごろですか」

宮三が訊ねた。

「確か六ツ（午後六時頃）前でした。夕暮れが迫っておりましたので、戻りはうちの者に送らせましょうと申しましたが、大丈夫です、と明るく仰られ、絵をお届けいただきすぐに下駄を鳴らしてお戻りになられました」

　刻限が違うし、雁之助が襲われた同じ日に八丁堤の現場に近い新石町にお篠がたまたまき合わせただけと思われる。

　ただ、また小さな気がかりがひとつ重なったことも確かだ。

「絵を買い求める客は、自分の贔屓《ひいき》の絵師の素性《すじょう》や風貌《ふうぼう》とかをいろいろ訊ねるのではないか。住まいとかも」

「みなさんご熱心にお訊ねになります。わたしどもといたしましては、お客さまのお訊ねではあっても、先生にご迷惑がかからぬようお教えしないようにいたしております」

「それでもどうしても知りたい、という客は？」

「おられますでしょうね。そういう方は、贔屓の絵師の絵が売り出される日から描き上がった絵が届けられる日を推量し、店の前で見張ったりもなさいますよ。で、推量どおり贔屓の先生が見えたら、こっそり先生のあとをつけて住まいを確かめたり、先生の振る舞いを真似て喜んでいらっしゃるとか」

「意春の場合はどうだ」

「意春先生の場合は、絵に描かれたお篠さんの贔屓がほとんどでございますね。

贔屓の方同士でお篠さんの連《れん》ができている噂もございますくらいで」

主人は、ひひ……と笑った。

「七月十三日の夕刻はどうでした。お篠さんの贔屓の客が周辺にいませんでしたか」

宮三が龍平の疑念を察し、訊いた。

「さあ。いらっしゃったかもしれませんが、気にしていたら切りがありませんので。それにあの日は意春先生の絵が遅れに遅れたということもありますし、お篠さんに絵を届けていただいた刻限が店を閉めた夕方七ツ（午後四時頃）のずっとあとですので、いらっしゃったとしてもあきらめて帰られたのではないでしょうか」

「贔屓の客はずっと店の周りに突っ立って見張っているのですかい。それとも、そういう見張りの溜《たま》り場みたいなところはありますか」

宮三は通りへ顔を向けて訊いた。

「さようですね。神田堀の主水橋の袂《たもと》に屯《たむろ》して店を見張ったり、ぶらぶらと前の通りをいったりきたりなさる方々もいらっしゃいます。溜り場かどうかは申せませんが、そこの蕎麦屋の《高松《たかまつ》》さんや向こうの蒲焼《かばやき》の《島原《しまばら》》さんで二合くらいの酒をちびちびやりながら、長いときは昼前からうちの店仕舞いの七ツころまで、飽きずに絵の話をしてすごされる方々もいらっしゃいますそうで」

それは曖昧な物覚えほどではあるものの、龍平の脳裡《のうり》に、雁之助のその日と前日の二日間の足取りがぼんやりと浮かんできた。

まったりとした昼日中、意春の描くお篠の贔屓が、本物のお篠見たさ会いたさに、仙鶴堂周辺をぶらついたりぼうっと突っ立ったり、ときには界隈の店に居座って、当てもないのにお篠が現われるのを見張っている。

端《はし》から見れば滑稽《こっけい》でも、数寄者《すきしゃ》は端から見はしない。まっすぐ見る。

もしかしたらあの日、そんな贔屓の中に雁之助の姿があったのではないか。

といって、雁之助がお篠の贔屓だったというのも違う気がした。

雁之助の遺品に意春の美人画は、四枚物のあの一作品だけだった。

贔屓なら、意春の描く全部のお篠を集めているだろう。

そうだ、雁之助はお篠を知っていたのだ。知っている女だったのだ。だからお篠に会うため、あの二日、仙鶴堂を見張っていたのだ。そして……

仙鶴堂を出ると、龍平は宮三に「きてくれ」と、主水橋の袂までともなった。

主水橋の向こうは本銀町一丁目と二丁目の通りである。

堤道の東に今川橋、西に乞食橋が見えた。

橋の下に主水河岸があり、川船が二艘《そう》、板桟橋の杭《くい》につながれていた。

八丁堤の松林に、明るい日が降っている。

「親分、雁之助はお篠に会うため、あの日と前日、この界隈にいたという推量はどうだろう」

「旦那が何を気にしていらっしゃるのかが、わかってきました。雁之助とお篠はこの界隈のどこかで交わっている。ひょっとして二人は以前、顔見知りだった。そう考えていらっしゃるんですね」

「お篠は相模の女だ。雁之助は三年前まで利倉屋の柳島店に奉公し、馬入川沿岸の東相模の村々を廻り、年貢米や物産の廻漕の仕事に就いていた」

「同じ相模なら、雁之助とお篠は古い知り合いだったかもしれませんね」

傍らの寛一が好奇心を示した。

「相模といっても広いし、推量にすぎないが……」

「そうか、旦那。雁之助は意春の美人画を見つけて、古い知り合いだったあのお篠じゃねえかと気づいたんだ」

「あり得る」

親分――と、宮三へ向き直った。

「お篠はこの橋を渡って本町の大通りを東へ折れて、橋町への帰途をたどるはずだ。仮に雁之助が仙鶴堂を見張っていてお篠を見つけ、仙鶴堂から主水橋の間で呼び止めたとしたら、夕六ツごろだ。黄昏《たそがれ》どきの薄明かりが残っている。どこかにそれらしき二人を見た住人が、いるのではないか」

「間違《まちげ》えなく、いるでしょう」

「けど旦那、健五らの白状によれば、雁之助に手をくだしたのは夜の五ツごろなんでしょう。六ツから五ツ、一刻もありますぜ。その間はどうなっていたんですか」

寛一が訊いた。

「わからん。勝手に推量するだけだ」

「独り身の四十男、若い年増の古い顔見知りの女、いろいろ考えられます。この界隈の料理屋、茶屋、酒場、そういうところも残らず当たってみましょう」

宮三が物わかりよく言った。

「四十男の雁之助が江戸へ勤め替えになる三十代半ば以前、お篠はおそらく十六、七歳の娘だっただろう。そのころ二人になんらかのかかわりがあった。雁之助とお篠はすぎた昔を懐かしみ、男と女の一刻をすごした。親分、そういうことだろうか」

宮三は応えず、ふうむ、とうなった。

次の瞬間、龍平は、いや違う、そういうのとは違うなと、涌井意春とお篠の睦《むつ》まじい夫婦仲を思い出しつつ自分の考えを遮《さえぎ》った。

二人は昔を懐かしんだのではなく、争った。争った挙句《あげく》、雁之助は身体の自由を奪われ、倒されたのだ。

だがどうやって。あの童女の面影を残したお篠に何ができる。

「じゃあ旦那、雁之助が通りがかりの健五らに見つかったとき倒れてたってえのは、あれはどういう事情なんですか。急に具合いが悪くなって倒れてたってえわけですか」

寛一がさらに訊いた。

「もっと確かなことをつかまなければ、今はまだなんとも言えない。親分、界隈の訊きこみを頼む。まったくの的はずれかもしれないがな」

あるいは、お篠の美人画にまどわされて、埒もない推量を重ねているだけなのか。どう考えても、龍平の腑にすとんと落ちてこなかった。

七

昼下がり、本船町の自身番へ見廻りの声をかけてから、龍平と寛一、中間の要助は江戸川橋を渡り、本材木町より海賊橋を八丁堀坂本町へと取った。

「日暮さま、こっちは見廻りの分担にはずれています。いいんですか」

要助が背中で言った。

「いいんだ。訪ねたいところがある」

はあ、さようで……と要助が少々呆《あき》れた声を上げた。

「それはやっぱり、八丁堤の一件ですか」

寛一が訊いた。

「そうとも言える。無駄足になる場合もある」

龍平は海賊橋を渡り、八丁堀の空へ思案顔を投げた。

午後になり生ぬるい風が出て、うっとうしい雲が広がり日が陰った。

それでも山王前の通りは、参詣《さんけい》客で賑わっていた。

土産物屋、仕出し料理屋、菓子屋が参詣客相手に呼びこみをしている。

この通りは茅場町傘が知られたところでもある。

絵双紙屋の香泉堂は、山王前の通りへ折れてすぐにあった。

「相すみません。涌井意春のお篠ものは先々月の六月に売り出したところ、すぐに売り切れまして、一度刷り増しをいたしましたが、ちょうど昨日、最後のひと綴りが売れてしまいました。お生憎《あいにく》さまでございます」

香泉堂の主人は龍平に腰を折った。

いいんだ――と龍平は主人に顔を上げさせ、意春の美人画の評判をあれこれ訊ねた。

香泉堂へも絵を届けたのは女房のお篠で、ここでも主人は、美人画に描かれたお篠の艶のあるふくよかさとは幾ぶん趣は異なるけれど、お篠のはじける童女のような美しさを褒《ほ》めちぎった。さらに定服の龍平の様子をうかがい、

「お役人さまは鍛冶《かじ》町の狩野《かのう》先生の絵所はご存じでございましょうか。あそこのお弟子さん方も意春先生のお篠ものをこっそりお買い求めになっていかれます。勉強になると仰られ。お弟子さん方の仰いますには、意春先生は小田原大久保家お抱え絵師の、涌井なんたらさまのお血筋らしゅうございます」

と続けた。

香泉堂を辞《じ》し、大名屋敷と組屋敷の間の通りをたどって横町へ折れた。横町の両側に、北島町の町家の軒が連なっている。

その横町に道三《どうさん》流《りゅう》医学を継ぐ漢方医・益岡《ますおか》季丈《きじょう》が町医を開業していた。

益岡は九鬼《くき》家の江戸藩医も務めており、町家にありながら玄関の作事《さくじ》をしていた。

案内を乞い、玄関先に寛一と要助を待たせ、診療場の座敷へ通った。

十徳《じっとく》ではなく、坊主頭に羽織・袴《はかま》、腰には脇差《わきざし》を差していた。

藩医ということで帯刀を許されているが、益岡は武士ではない。

花鳥の屏風《びょうぶ》を背にして着座し、傍らに数段の引き出しになった胸の高さほどの薬箱を置いていた。

屏風の後ろの壁際に本が積まれて整然と並んでいた。

「おやおやこれは、お役人さまでしたか。どこか具合いがお悪いのですか」

益岡は龍平の定服を見て、膝を向けた。龍平は頭《こうべ》を垂れて名乗り、

「わたくしも亀島町に組屋敷をいただいており、同じ八丁堀の町内で益岡先生のご評判はかねがねうかがっておりました」

と、切り出した。

「本日は診療のお願いではなく、御用の筋にて先生のお知恵とご意見を是非《ぜひ》とも拝借《はいしゃく》いたすため、おうかがいいたした次第です」

「ほう、御用の筋で。それはそれはお役目、ご苦労さまにございます。浅学の身ではございますが、わたくしでよろしければ、なんなりとお訊ねください」

四十代後半と思われる壮年の益岡は、謙遜《けんそん》した。

だが、八丁堀では一番の腕を持つ漢方医として、益岡の評判は高かった。

「おうかがいいたしたいのは、追剝強盗によって命を奪われた男が、襲われた際に陥《おちい》っていたと思われる身体のある異変についてです」

「ふむ？　陥っていた異変、ですか」

「病の症状と言っていいのかどうか。上手く言えません。身体の自由が利かなくなるある奇妙な状態についてです」

先月十三日の夜、主水橋と今川橋の間、神田堀八丁堤において――と、龍平は雁之助が健五ら三人に命を奪われた経緯《いきさつ》を明かした。

益岡は膝に手を揃えて身動きせず、龍平の説明に聞き入った。

座敷は障子と襖を閉ざしてあり、薬草の香なのか、若干、湿った埃《ほこり》の臭いが漂っていた。
午後の日が陰り、南と西に向いた四枚ずつの腰障子が、淡い灰色に染まってい
た。庭の木が、とき折り枝葉の触れる音を立てた。
「雨に、なりそうですな」
龍平の説明が終わったとき、益岡は灰色の障子へさりげなく顔を向けた。
益岡は押し黙り、沈黙の中で何かを反復しているようであった。やがて、
「漢方の医療は、根本にその考えに基づいております」
と、益岡は言葉を確かめつつ言った。
「その考えと申しますのは推量ではなく、自然の変化に順応、また反発する身体
の外邪《がいじゃ》の観察を根拠にして導き出す必然の境地と言うべきものです。ゆえに、漢
方医の中にあって、人それぞれの受け止め方、判断によって変わるという筋のも
のではありません。われら漢方医は……」
益岡は小さく咳払《せきばら》いをした。
「外邪、すなわち、風、寒、熱、燥、湿を病気の外因、過労、不摂生、心の過剰
な動きを病気の内因とし、それによって人の身体が正常な陰陽の釣り合いを崩
し、病に陥ると見立てるのです。そこで治療の手立ては、正気の虚を補い、邪気

の実を瀉《しゃ》して陰と陽の調和を図るというものになります」

口をへの字に結び、おわかりか、というふうに龍平を見た。

「その思量を裏づける身体の根本の働きが、すなわち人の生きて在る自然の摂理なのです。日は昇り、日は沈む。風が吹き、雨が降り、乾き、寒暖を繰りかえす自然のひとつとして人の身体は働き、ゆえにそこに命が育まれている。われらはそれに基づいて漢方医を生業《なりわい》にしております」

難しいことを言う――龍平は戸惑った。

益岡は龍平の戸惑いを察したか、ふ、と表情をやわらげた。

「申しわけない。いらぬ講釈をしてしまいました。日暮さまのお訊ねにお応えせねばなりませんな」

「何とぞ。根本となるその考えを、わたしにもわかるように」

「わかり易く、実事《じつじ》に沿って、ですな」

益岡は小首を傾げ、短い間《ま》を置いた。

「われら人の身体の、根本の働きを説明しましょう。われらの身体を形造る五臓六腑は、気《き》と血《けつ》という力によって養われています。気血が五臓六腑を澱《よど》みなく廻《めぐ》ることによって正しく養われ、五臓六腑は健《すこ》やかな働きを保つのです。すなわち五臓六腑は、気血が廻る筋道によって全身隈《くま》なくつながれており、気血の廻りのいいか悪いかがもたらす変調をこうむらざるを得ません」

気血の話に踏みこむと長くなりそうだった。

「五臓六腑をつなぐ筋道を経絡《けいらく》と漢方では言います」

経絡は聞いたことがある。

「経絡は、肺経、大腸経、胃経、脾《ひ》経、心経、などというすなわち十二経。これに身体すべての働きを司《つかさど》り整える前面正中線《せいちゅうせん》に任脈《にんみゃく》、背面正中線に督脈《とくみゃく》が配され、合わせて十四経が縦横に張り巡らされているのです」

益岡はまた束《つか》の間考えた。それから訊いた。

「日暮さまは柔術の稽古《けいこ》をなさったことはありますか」

「はい。剣術の稽古の一環として、武闘術の中で稽古はしましたし、町方の捕物は倒すのではなく捕えることでありますゆえ、柔術の稽古は欠かせません」

「ふむ。よろしい。柔術における活法《かっぽう》、また古来、道家の導引《どういん》などの調身法は、この経絡を活かし気血の廻りを正常にすることで身体を甦らせる法と言えましょう。これを取り入れた手練《しゅれん》の技が按蹻《あんきょう》導引の法、すなわち漢方医術の一科である按摩《あんま》です。按摩は身体の中心より手先足先へ向かう経絡の順路の遠心性に従い、調摩し、解釈し、施術するのです」

なで、もみほぐし、節を動かす、と益岡は言い直した。

ここまではわかった。

「この経絡の順路、筋道に経穴《けいけつ》があります。俗につぼと言い、経絡を廻る気血の過不足による五臓六腑にもたらす変調が身体の表に現われやすいところであり、経穴は主要なもので三百六十五箇所、すべてを数えれば六百箇所あると言われていますが、かく言うわたし自身、六百全部は知りません」

益岡はそこで龍平に微笑んだ。

「按摩法は、特にこのつぼをときに按《お》し、ときに摩《な》で、よって臓腑の働きを正常に戻し、また保つのです。ということは、人の身体には身体内奥《ないおう》に隠れた経絡を廻る気血の過不足を体表に現わすため、わざと経穴、つぼが創られている。配されていると言っていい」

「つまり漢方は、経穴を通して五臓六腑の異変、病を治療するのですね」

「さよう。根本においてその見立てによって施され、その見立てに基づいて様々な手法が派生し編み出されてきたのが漢方の治療なのです。按摩のみならず、鍼《しん》灸《きゅう》治療も同じ根本に基づいた治療のひとつです。しかしながら……」

益岡は眉間《みけん》にかすかな愁《うれ》いを浮かべた。

「それは経穴の陽の気であり、陰の気を語ってはいません。ここからが日暮さまのお訊ねになった、人の身体に現われた奇妙な異変についてのお答えになるかと思われます。気血が経絡を廻り五臓六腑を健やかに養う陽の概念は、他方において気血の廻りが滞る症状によって臓腑の働きを衰弱させる陰の概念と相対する事象はご理解いただけますな」

わかります――と、龍平は頷いた。

「すなわち経絡の道筋に配された経穴は、病を癒し治すつぼであり、一方で臓腑の正常な働きを阻害する身体の急所なのです。経穴は身体を甦らせるつぼであるがために、身体を不全に陥らせる急所たらざるを得ないのです。有体《ありてい》に申せば、身体を生かすも殺すも経穴への働きかけ次第で決まるのです」

「どのような働きかけですか」

「的確さを身につける修練は必要ですが、理屈は難しいものではありません。理屈より実際に試してみましょう。日暮さま、側へ寄らせていただきます。よろしいか」

「ど、どうぞ」

益岡は笑みを再び浮かべ、龍平の前まで膝を進めた。

「ご心配なく。医師ですので生かす修練しか積んでおりません。痛みが少しあったとしてもすぐに治まりますし、身体に害は一切ありません。肩の力を抜いて楽にしてください。そのほうが穏やかな効き目を覚えられます。では……」

益岡は右手の人差し指と中指をまっすぐ揃え、龍平の顎《あご》へ指した。

その指先を顎から喉へ真下におろし、白衣《びやくえ》の前襟を重ねたあたりに指先を差し入れた。そうして、左右の鎖骨の間に触れた。

指先に少し力が加わった。

「ここが天突《てんとつ》というつぼです。前面正中線の任脈にあります。身体に何か感じられますか」

指先の力がさらに少し増して触れたとき、龍平は全身にほんのかすかな武者震いに似たゆれを覚えた。奇妙な怠《だる》さが起こった。

「怠さを覚えます」

「ふむ」

益岡は指先を離し、それを龍平の膝に置いた手の甲へ当てた。

「どのように感じますか」

「どのようにと申しますと」

「わたしは日暮さまの左の手の甲を、強く押しております。それがおわかりになりますか」

なんと、手の甲にはほんのわずかに触れられている覚えしかなかった。

布子を通して何かが軽く添えられている感触に近い。

「どれだけ強く押しているか、右手で確かめてみなされ」

「あ？」

龍平は右手で確かめようとして、右手に力が入らないことに気づいた。

ゆっくりとは動かせたが、自在には動かせなかった。なんとも、もどかしい。

龍平は呆然《ぼうぜん》と益岡を見つめた。

「すぐに元どおりになります」

益岡はそう言って頷き、屛風の前に戻った。

袴を払い着座した顔に、微笑みが湛えられている。

「わたしは今、日暮さまの天突を按し、日暮さまの首から下の身体に軽い麻痺《まひ》を起こさせました。麻痺を起こさせて痛みをやわらげるために、とき折り行う治療のひとつです。身体すべての働きを司り整える任脈には、幾箇所かそのようなつぼがあり、つぼの場所によって、麻痺の場所も違ってきます。中でも天突は、顔面と胴体の分かれ目にあるつぼです」

龍平の手にじわりと自在さが甦ってきた。

「天突を扼《やく》すれば、胴体から下全部が麻痺し、自由が失われます。目や口、聞く働きも弱まります。しかし意識は残っている。麻痺した者は、かろうじて残った空《うつ》ろな目や耳の働きで己の身に起こった事態は知り得ても、身体を動かすことができず、助けを呼ぶことも、泣き喚くことすらできない」

益岡はひと呼吸を置いて続けた。

「男が追剝に襲われた際に陥っていた身体の異変は、そのような状態だったと推量できます。日暮さま、今試したことでそれがどういう状態か、おわかりいただけましたか」

「わかります」

龍平は応え、それから考えた。

「麻痺は、通常どれほど続くのですか」

「通常と言える段階はありません。按摩や鍼灸師を含めた治療に携わる者であれそうでない者であれ、修練を積んでいれば、半日あるいはもっと長く、麻痺を起こさせることができるでしょう。さらに申せば、その意志さえあれば、片手一本の素手で、五指だけで瞬時に命を奪うことも可能です。ふん……むろんわたしにそのような技はありませんが」

片手一本の素手で……

俊太郎はお篠は手をかざしただけ、と言った。手をかざしただけというのはどのような仕種《しぐさ》だったのだろう。

「今言われた、そうでない者とは、どのような者がこの修練を積むのですか」

益岡は首を傾げた。唇を真一文字に結び、言葉を選んだ。

「これから申しますことは、わたし自身が見たわけではなく、あくまで伝聞であり、確かな話ではありませんので、そうお心得ください」

と、腕を組んで少し寛《くつろ》いだ振る舞いを見せた。

龍平は自由の戻った両手を、膝の上でもみ合わせた。

「琉球《りゆうきゆう》には古くより伝わる武技があるそうです。武器を持たぬ徒手《としゆ》の闘技で、身を守るために考え出された体術と聞いています。その琉球に唐の拳法《けんぽう》が伝わったのは、唐において明《みん》が栄えていたころでした。唐のそれは経絡と経穴の廻る人体の造作、働きを調べつくし、完璧なる防御の陰と一撃必殺の攻撃の陽の調和を図った拳法だったのです」

　龍平はわずかな胸騒ぎを覚えた。

「唐の拳法が加味されたことが、受けが主体であった琉球の体術が攻撃主体の武技に変わる転機になった、と言われています。受けすなわち攻めの考えに基づき、受けと攻撃の体さばきの速さ、ときの差を限りなく無にすれば、受けは攻めに攻めは受けになるのです。相手に受けられたと気づいた刹那《せつな》には、すでに必殺の一撃を浴びているのです」

　益岡はまた間を取った。

「琉球ではその武技を手《て》と呼び、手を使う派によって、首里手《しゅりて》、那覇手《なはて》、泊手《とまりて》、などと呼ばれています」

「唐手《からて》、ですね」

「ご存じですか。そうです。総称してそれを唐手と呼ぶそうですね。ところで日暮さま、必殺の一撃とは、どのような一撃と思われますか。剣の修行を積まれたお侍さまの必殺とは？」

「剣の場で必殺という言葉を使ったことはありません。ただ相手を死に至らしめるひと太刀《たち》を浴びせるとき、斬る者の命もすでに無いものと考えます」

「なるほど。お侍らしい心がけです。骨を斬らせて髄《ずい》を断たれるわけですな。剣を使うお侍さまの、それが必殺なのですね。ならば、徒手の者、剣を持たぬ者はどのように、身体内奥に守られた髄を断てばよいのでしょうか。死闘の場において、持たざる者はどのような闘いをすればよいのでしょうか」

「唐手では、経絡を断ち、人の気血を破壊するのですね」

「さよう。実戦の場でそれができれば、髄に届かなくともよいのです。それが徒手の者の一撃必殺の心構えなのです。あ、いや、剣さえ使えぬ者が偉そうなことを言ってしまいました。何とぞ、戯《ざ》れ言《ごと》とお聞き流しください」

益岡は眉間に照れるような皺を寄せた。しかし、

「言えることとは、経絡を断ち、人の気血を破壊する技を持つ者は、徒手でありながら、人の身体を自在に制することができるということです。生かすも殺すも思うがままにです」

と続けた。

「漢方を学ぶ弟子だったころ、琉球唐手が日《ひ》の本《もと》に伝わり、その技を使い生業にする者がいるという噂を聞いた覚えがあります。唐の国ではそれを生業にする集団がいるとも。むろん、わたしは噂でしか知りません。見たことも会ったことも

ありません。ですが今、日暮さまのお訊ねがあったとき、ふと、それを思い浮かべました。噂だけではなく、そういう者が本当にいるのかと」

しかも琉球より遠く離れたこの江戸に——と、益岡は不思議そうに言った。

「唐手をよく使う者なら、それができると。それは、唐手の技を身につけた者の仕業ではないか、とのお見立てなのですね」

「日暮さまのお話の追剝に遭った者が陥っていた身体の異変だけを考慮すれば、そういう推量ができるということです。その者が追剝の仲間だったのか別なのか、事情はまったく見当はつきませんが」

閉じた腰障子の外の、庭の木々がぱらぱらと鳴り出した。

雨が降り始めたらしい。

「やはり降り出しましたな」

益岡がぽつりと言った。

小雨だった。少し涼しく感じられた。

益岡が蛇《じや》の目《め》傘をどうぞ、と勧めてくれるのを断って横町へ出た。

まだ八ツ（午後二時頃）前なのに、空は暗くなっていた。

無駄足だったかな、と半ば思いつつ、龍平のわだかまりは晴れなかった。

八

小雨は、細かな調べを奏でるように降り続き、通りをゆき交う人の姿も見えなくなった。

馬喰《ばくろ》町の大通りを、小犬がうろついていた。

その大通りを、三度笠《さんどがさ》に顔を隠し、濃紺の引き廻し合羽《がっぱ》を着けた四人の旅人が足早に急いでいた。

四人の旅人は、龍平たちが益岡季丈の屋敷を辞して四半刻（約三〇分）がすぎたころ、馬喰町二丁目の旅人宿《たびにんやど》《根来屋《ねごろや》》に投宿した。

四人は相模厚木の百姓で、自分らは江戸の縁者にのっぴきならぬ用があって出てきて数日世話になると語り、通行手形もなかったけれども、厚木ならばと根来屋の主人は怪しまなかった。

江戸っ子などという奇怪な下層の徒《と》らが評判になり始めた化政《かせい》期、江戸市中には人別帳《にんべつちょう》など持たない浮浪の徒が絶えず出入りしていた。

そういう浮浪の徒が人足稼業などに就き、江戸経済の底辺を支えていた。

根来屋の主人は旅人宿の稼業に慣れていた。

そろそろ農繁期の今ごろ百姓が、と不審がないわけではなかったものの、四人がそうだと言うならば、それを信ずればよかった。

宿の部屋が空いているよりは、泊まり客があった方がよかった。

四人は二階の八畳の部屋に通された。

二階の出格子《でごうし》窓から北側の、屋根続きの向こうに小雨に煙《けぶ》る初音《はつね》の馬場が眺められた。馬場に人馬の姿はなかった。

東方には、両国方面の屋根の波が見渡せた。

火の見の櫓《やぐら》が何本も雨空に上がっている。

ひとりは大きな顔に鋭い眼光、高い鼻、厚い唇を不敵に曲げ、でっぷりと肥え太った五尺九寸（約一七七センチ）に余る四十代と思われた。

その男が頭格らしく、やや小柄な痩せた若い男に、中背のすさんだ風体《ふうてい》の三十代半ばの男、そしてひとりは一番小柄で年老い、皺だらけの骨張った顔に大きな目が、ちぐはぐに光る、薄気味悪い男だった。

四人はすぐに荷物を解き、少々濡れた合羽や笠を衣紋掛《えもんかけ》などにかけ、仲居に早速酒と肴《さかな》を頼んだ。

四人は車座になり、冷酒を湯呑についで喉を鳴らした。

厚木を立ったのは昨日だった。

利倉屋の雁之助が追剝強盗に遭い命を落とした知らせは、先月十六日の盆の日には届いていた。

雁之助が追剝にだと。まさかあの男が。お里季にやられたんじゃあねえのか。そうとしか思えなかった。とにかく詳しい事情がわからなかった。

出張陣屋の元締・黒江左京と協議した。

「小娘が、生きておったとはな。雁之助が殺されたとなれば放ってはおけぬ。さっさと片づけよ」

黒江左京が命じた。

この六年、五郎治郎は忘れたことはなかった。もう二十三歳になっている。逃げようたって、そうはさせねえぜ。地獄の果てまで追いかけてやる。命を助けてやるか、ばっさりやるか、それはお里季の返答次第だ。

「ここから橋町までは、ほんの数町《ちょう》だ。日暮れにはまだ間がある。こいつを呑んだらちょいと様子を見にいってくる。先生、あんたもくるけえ」

五郎治郎が庸行《ようこう》に言った。

「ああ。いってもいいな。お里季がどんなふうになっているか、できれば見ておきたいでな」

六十歳を超えた庸行が、ゆっくり応えた。

背中がひどく曲がっている。

「叔父《おじ》き、おれたちもいくぜ。おれたちもお里季を見ておきてえ」

若い治田《はるた》が言い、もうひとりの軍次《ぐんじ》がうなった。

「四人でいくと目立つ。動くのは二人ずつで動くんだ。おれと先生。おめえと軍次だ。おめえたちは今日はやめとけ。おれと先生だけでいく」

「わかった。叔父き、手筈は決まっているのけ。ちったぁ聞かせてくれ」

五郎治郎は湯呑をひと息に呷《あお》り、部厚い手で口を拭った。

「まずおれがお里季と話してからだ。お里季の返答次第で決める」

「話す？　お里季と話してどうするんだ。あの女は何もかもを知ってる。亭主もろとも、一気に始末するんじゃねえのかい。黒江さまはさっさと片ぁつけろと仰ってるんじゃねえのかい」

「あの女の腕は惜しい。お里季が改心するなら、もう一度使ってやってもいいと考えてる」

　使ってやってもだと。どうりで、叔父きは何も言わねえわけだ。雁之助が妙な死に方をしたとわかったあとも、ぐずぐずと考えこんでいた。なんてこった。六年前の小娘が、まだ忘れられねえってえのかい。

　と、治田は苦々しく思った。

　だいいち、いまさらお里季が戻ってきたって、何ができるっていうんだ。お里季ごときに、もう負けやしねえぜ。

　とも、思った。

「六年もたっているんだぜ。いつまでも十七歳の小娘じゃねえ。今さらお里季が改心するわけがねえだろう」

「うるせえ。おめえはおれの指図どおりに動いてりゃあいいんだ」

　五郎治郎は空の湯呑を、投げ捨てるように畳《たたみ》へ転がした。

「先生、いくぜ」

「ああ？　ああ……」

　五尺九寸余の五郎治郎と五尺三、四寸（一六〇センチ前後）の庸行が並ぶと大人と子供のように見えた。ましてや庸行は、背中を丸め、よろけつつ歩く。

窓の障子を開け放った出格子の向こうに灰色の空が広がり、小雨がぐずるように降り続いていた。

第三話　嵐

一

わけもなく辛《つら》くなるとき、お里季はお腹の子をさすり、

「大丈夫だよ。おっ母《か》さんは、くじけないよ」

と、自分に言い聞かせるように話しかける。

まだ四月目《よつきめ》でも、お腹の子にはお里季の言葉がわかるらしく、お腹をぽんぽんと蹴って応《こた》えてくれる。そんな気がするだけかもしれない。

それでも、おまえは賢《かしこ》い子だね、とお里季は思う。

悪阻《つわり》はあった。けれどこれまでの辛い日々を考えれば、悪阻の苦しさがなんと喜ばしいことか。

お里季は、二階の四畳半の出格子《でごうし》窓の側で絵を描いている意春の大きな背中が好きだった。

机の上に背中が丸くなるほど屈《かが》みこみ、一心に画筆を執《と》っている。

水汲《く》みや洗濯、台所の家事仕事をしているとき、二階で絵を描いている意春の背中を偲《しの》ぶと、心にほんのりと明るみが射した。

意春がお里季を手本にするとき、構図や描線を練《ね》りに練った下絵を何枚も描く。気に入った下絵ができたら、薄美濃紙《みのがみ》をのべてそれに浄書《じょうしょ》していく。

一気に墨筆が進んで下絵に命が吹きこまれていくのだ。

けれどもそれから、ほんのわずかずつ色をつぎ足し塗り重ね、剝《む》き出しのお里季の命に繊細な艶《つや》を施《ほどこ》す長いときがかかる。

そうして仕上がった自分の絵姿を見て、お里季は意春の技に息を呑んだ。

こんな自分でも意春の役に立っていると思えることが、お里季には堪《たま》らなく嬉しく、意春が誇らしかった。

夜は仕事場の続き部屋のもうひとつの四畳半で、意春と一緒にひとつの布団《ふとん》にくるまって寝た。

暖かい布団の中で意春の胸にすがるとき、身体《からだ》が溶《と》けてしまいそうになる。

お里季はすぐに眠くなる。

そして眠るのだ。

ときどき、意春は真夜中に起き出し、行灯《あんどん》の明かりの下で墨筆を執っていることがある。

真夜中の静寂の中で意春の執る筆が、かた、と何かに触れて鳴ったりする。

お里季もときどき、隣の部屋の意春に声をかけることがある。

「あんた、眠れないの」

「うん？　いい構図を思いついたから、それを下絵に残しておきたいのだ」

たいてい、意春はそう応えた。

「身体に障《さわ》るといけないから、無理しないで」

「大丈夫さ。おまえはお休み」

意春の静かな声を聞いて、お里季は微睡《まどろみ》の中に身をゆだねるのだった。

そのうちに意春は布団の中へ戻ってきて、お里季の傍らで「ふああ……」と欠伸《あくび》をひとつ、するだろう。

また目覚めさせられたお里季は、意春の身体がとても冷えていることに気づき、自分の身体で暖めてやる。とても眠いけれど、それでいい。

お里季は、ご飯を拵《こしら》え、雑巾《ぞうきん》がけをし、繕《つくろ》い物や裁縫をし、買い物にいき、ときどきは井戸端《いどばた》で洗濯をする同じ平六店のおかみさんたちとお喋《しゃべ》りをする。夫とご飯をいただき、夫に乞《こ》われると美人画の手本になり、湯屋にいき、次々と注文の入る夫に代わって、地本問屋《じほんどいや》さんや絵双紙屋《えぞうしや》さんへでき上がった絵を届けにいく。

そんな暮らしの繰りかえしだけれど、これ以上の暮らしなどこの世にありはしないと、お里季にはわかっていた。これ以下の暮らしをずっと続けてきたお里季には、それがとてもよくわかるのだ。

小田原から夫の母親と姉が突然訪ねてきたあとも、お里季と意春の表向きの暮らしに大きな変化はなかった。

お腹に子供ができたことを意春が知り、とても気遣うようになったことと、新石町の《仙鶴堂》さんの注文の絵が一段落したら、意春が小田原へ一度帰る段取りにした以外はである。

小田原へ帰り、自分たちが晴れて夫婦《めおと》と認められ意春が錦絵師を続けられる許しを得るために……とそれはお里季自身が望んだのだった。

お里季はわけもなく辛くなった。

しかし、わけはある。

お里季は、自分の望むとおりにこの暮らしが続くとは思っていなかった。

雁之助が現われたときから、この暮らしの終わりがきたことを知った。

自分が定めとは違う生き方をしていたことに、気づかされた。

だから……と本当はわかっていた。

かけがえのない一日一日がすぎてゆくのが、わかっていたのだ。

「おっ母さんは、くじけないよ」

お里季はお腹をさすり、お腹の子にそう話しかけた。お腹の子に話しかけると、辛さがやわらいだ。

その日の昼下がり、お里季は神田新石町の地本問屋・仙鶴堂へ、錦絵揃物の仕上がった板下絵の半分を届けにいった。

約束の日限に遅れており、「半分だけでも何とぞ」と、仙鶴堂からの再三の催促で、意春は気が進まないらしかったが、お里季が届けることになった。

絵が仕上がっても、彫師、摺師《すりし》の工程が待っているのだ。

板下絵の画料で暮らしを立てる町絵師は、自分のあとの工程も考慮できなければやっていけない。

「よろしければ是非《ぜひ》、お食事でも」

と、主人が気を遣うのを遠慮して、お里季は仙鶴堂を辞し、通りを本町の方へ取った。

神田堀北に沿って松林が続く八丁堤の間を抜けると、主水橋がある。

八丁堤は雁之助を思い出させられ、堪らない不安と後ろめたさが募《つの》った。

あんなことになるとは、思いもしなかった。

けれどもお里季は、ああするしかなかった。ほかに何ができただろう。

お里季は八丁堤には目もくれず、主水橋を渡った。

本町から江戸一番の目抜き通りを両国方面へ取り、通旅籠町と通《とおり》油《あぶら》町の辻を大門《おおもん》通りへと折れた。

大門通りの田所《たどころ》町と新大坂《しんおおさか》町の辻を次に東へ折れ、浜町堀に架かる千鳥橋。

千鳥橋を渡れば橘町一丁目である。

「この通りは元の吉原の大門に通じる道だったのだ。だから大門通りという名が今も残っている」

以前、意春と通ったときに教えられた。

今では銅物《かなもの》屋や馬具屋が多く店を連ね、蕎麦《そば》屋、寿し屋、江戸前蒲焼《かばやき》の店がいい匂いを通りに漂わせ、賑《にぎ》やかな通りだった。

大門通りまでくるとお里季は少しほっとした。

家が近い安心感もあって、店先をのぞきつつ、戻りの歩みはゆるやかになった。

新大坂町の、即席御料理の店の角を東へ曲がる半町（約五四・五メートル）ばかり手前まできたときだった。

お里季は自分にそそがれている眼差《まなざ》しに、やっと気づいた。

咄嗟《とっさ》に道端へ寄り、さり気なく身を固めた。

樒《しきみ》や立花《たちばな》を売る店があって、その店先で花を見るふりをして道の前後を速やかに見廻した。

誰……

背筋に冷たいものが走った。胸の鼓動が激しく打った。

深く息を吸い、ゆっくり、長く、息を吐く。

緊張を解くのではなく、緊張の中で冷静さを保つ呼吸法だった。

手拭を頬《ほお》かむりにした大柄な男が、両手を懐《ふところ》に差しこんで、道の前方より大股《おおまた》に近づいてくるのを認めた。

寛《くつろ》げた部厚い胸元に白い晒《さらし》がのぞいている。

そして道の後方には、胡麻塩《ごましお》頭に月代《さかやき》も剃《そ》らず、薄汚れた茶の長着を裾端折《すそはしょ》りにした老いた男の、よろける足取りがわかった。

老いた男は、お里季とさほど変わらぬ小柄なうえに、背中をひどく丸めており、それがいっそう男を老いて見せた。

通りは賑やかで、通りに面した花屋の店先をのぞくお里季の後ろを、荷車ががたがたと通りすぎ、通りがかりの足音が絶え間なかった。

もう逃げられなかった。

「久し振りだな、お里季」

頰かむりの五郎治郎が通りに背を向けて店先をのぞくお里季の右後ろから声をかけた。

五郎治郎の体臭が臭った。

左後ろに庸行が立ち、「ああ……」と吐息をもらした。

「探したぜ」

五郎治郎の喉《のど》が鳴った。

「あたしはお篠だ。あんたに探される謂《い》われはない」

お里季は頬かむりの中で薄笑いを浮かべる五郎治郎の、鋭い眼光を押しかえした。

「ふん、小娘が、六年もたちゃあ年増《としま》らしい口の利《き》き方になったじゃねえか。そのほうが色っぽいぜ」

五郎治郎がお里季のなだらかな肩に、熱い掌《てのひら》を乗せた。途端、

「手をどけな。すぐどけないと二度と使えなくなるよ」

と、お里季は懸命に言った。

「おっとっと……そういきがるな」

五郎治郎は手をどけた。

庸行が、ふうむ、とうなった。

「相模のお里季が今はお篠に名を変え、あのひょろひょろした男と夫婦ですってかい。笑わせるぜ」

家をもう知っているのだ。お里季は激しい動揺に心をゆさぶられた。

「評判の町絵師だってな。上手《うま》くたぶらかしたじゃねえか。どこでそんな手練手管《てれんてくだ》を身につけやがった」

五郎治郎の笑い声が低くくぐもった。

お里季は顔をそむけ、応えなかった。

「ここじゃあ話もできねえ。ちょいと顔貸せ」

花屋の主人が、店の奥からお里季たちの様子をうかがっていた。

お里季は五郎治郎の後ろに従った。

庸行の気配が背中についてくる。

羽目板の板壁と土塀《どべい》の隙間《すきま》のような路地へ連れこまれた。

路地はいき止まりで薄暗く、奥に畚《もっこ》や樽《たる》が乱雑に積んであった。

五郎治郎はお里季へ振りかえり、片手を懐のまま片手で身頃《みごろ》をつかんだ。

「おめえのことは雁之助から知らされた。雁之助を殺《や》ったのはおめえか」

「あたしは殺っていない。雁之助のことなんか、知らない」

雁之助は意春の《お篠もの》を見て、お里季が江戸にいることを知った。

あの夜お里季は、雁之助を殺せたし殺してしまいたかった。すぎ去った日が亡霊のように甦《よみがえ》り、お里季はそれを消してしまいたかった。

けれど、お里季はできなかった。

詰《つ》め寄る雁之助を麻痺《まひ》させただけで、お里季は逃げた。逃げながら、逃げても無駄とわかっていたけれど。

「雁之助のことなんぞ、もうどうでもいいのさ。代わりは幾らでもいる。おめえだよ。おめえが改心して戻ってくるなら、考えねえでもねえんだぜ」

五郎治郎の大きな顔が、お里季を睨《にら》み下ろした。

「いやだ。あたしはおまえの言いなりになんかならない。帰れ」

「おめえ、立場をわきまえて言ってやがるのけ。孤児《みなしご》のおめえを誰が助けてやったと思ってんだ。いいか、お里季、一旦、泥沼に足を突っこんだならな、嫌《いや》になったからやめます、なんてことは許されねえんだよ。許されるのは、おめえがおっ死《ち》んじまうときだけだ。そのときは、おめえだけがおっ死んじまうんじゃねえ。おめえの亭主もおっ死んじまうんだぜ」

「そんなことをしたらあたしが許さない。おまえの息の根を止めてやる」

「下手《したて》に出てりゃあ、このくそ餓鬼《がき》が」

五郎治郎の手がお里季の着物の前襟を、鷲《わし》づかみにするようにつかんだ。

つかんだまま、お里季の顎《あご》を突き上げた。

「放せ。放さないと痛い目に遭《あ》わせるぞ」

顎を突き上げられながら、お里季は歯を食い縛って言った。

「ぶふ、やってみやがれ。おめえごときのじゃれつきがおらに利くと思っていやがるのけ。おらおら、やってみやがれ。おめえはお篠でもお里季でもねえ。相模、相模のお里季だ。おめえは相模のお里季から逃げられやしねえんだ」

お里季は五郎治郎の赤銅色《しゃくどういろ》の太い腕に手をかけた。

肘《ひじ》より下の尺沢《しゃくたく》に指先を押し当てた。

細く白い指先で、ひと刺《さ》しした。

「あた、あた、あたたた……」

突然、五郎治郎が顔をしかめて声をたてた。

お里季から手を放し、一方の手で腕を押さえて大きな身体をよじった。

「な、何しやがんだ、おめえ、あひぃ……」

そう言って、よじった身体を板壁にぶつけた。

と、背後で庸行の丸い背筋がふっと伸び、老人とは思えぬ精悍《せいかん》な身構えになった。その顔には、老いではなく、冷徹な虚無《きょむ》が陰影を作っていた。

お里季は庸行へ半身《はんみ》の体勢を取った。

「おめえの居場所に、戻れ」

庸行の嗄《かす》れ声が言った。

「師匠、あたしにやらせないでおくれ」

お里季は声を絞《しぼ》った。

新大坂町から橘町の平六店まで、お里季は駆け戻った。腰高障子《こしだかしょうじ》を後ろ手に閉め、大きく胸をはずませた。冷たい汗がこめかみを伝った。

お里季は台所の水瓶《みずがめ》の水を飲んだ。お腹をさすった。

「吃驚《びっくり》したかい。ごめんね」

お腹の子に言った。

新大坂町から駆け戻ったことより、とうとう見つかってしまった動揺に胸の高鳴りが収まらなかった。いずれこうなるとはわかっていても、一日でも長く、という願いがお里季を支えていた。

でも、もう終わりだった。

お里季は板敷の上がり端《はな》にかけ、顔を覆《おお》った。溜息を吐《つ》いた。頬が濡《ぬ》れていた。汗ではなく涙だった。あたしは泣いているのだ。悲しい、という気持ちさえ忘れていた。

「お篠、戻ったか」

意春が二階の階段の下り口に立ち、お篠に微笑《ほほえ》んだ。

「ああ、あんた」

お里季は無理に笑みを作った。

「ご苦労さん。仙鶴堂さんは何か言ったかい」

「ありがとうございますって。残りを急いでお願い……」

お里季の言葉が細り、かき消えた。

手の甲で頰を拭《ぬぐ》った。

「どうした。具合いが悪いのか」

意春が気遣った。

お里季は顔を左右に振った。

「今日の夜食は仕出しを頼もうか。そうだ、久し振りに《翁寿し》へ上がるのもいいな。お篠は美味《おい》しい物を食って、お腹の子に滋養をつけねばな」

「大丈夫。ご飯の用意をするわ」

お里季の胸はまだ鳴っている。

板敷に立ったとき、背の高い意春がお里季の後ろから長い両腕を廻した。

「無理をするな。と言って、いつもおまえに無理をさせてすまない」

「ううん、ちっとも。でも、あんた……」

お里季は振りかえり、意春の胸にすがった。

「ねえ。今日これから支度《したく》をして、明日の朝早く小田原へ発《た》って。ご飯の用意がすんだら、わたしも手伝うから」

「はは……そりゃあ無理さ。仙鶴堂さんの注文をすませてからでないと。四、五日もあれば終わる。小田原へはそれから発つ」

「続きは、あとの絵は、小田原で描けばいいんじゃない。小田原で仕上げて、飛脚《ひきゃく》を頼めばいいでしょう」

「駄目だよ。おれはお篠のいる家の仕事場でないと描けないのだ」

意春は小柄なお里季を懐に包んで笑いかけた。

「でも、でも、どうしても小田原へ発ってほしいの。仙鶴堂さんへはわたしがお詫《わ》びをするから、あんたは明日早くに」

「どうしたんだ、お篠。何かあったのか」

意春が訝《いぶか》しげな顔つきになって訊《き》いた。

お里季は、何も、と首を左右にして意春の肩に額《ひたい》を当てた。

「何もないけど、わたし恐いの。あんたに、もしものことがあったら、どうしよう。わたし恐い」

お里季の声が震えた。

「お篠、何があった。言ってごらん。何があっても驚きはしない。いいかい、お篠。おまえはわたしの妻だ。お腹の子もわたしの子だ。おまえもお腹の子も誰にも渡しはしない」

お里季を抱き締《だし》める意春の腕に力がこもった。

お里季は言えなかった。

意春とお里季はあまりにも違いすぎた。言葉で越えられる違いではなかった。

「わたしはこれでも武士だぞ。剣術もやった。お篠を恐がらせるような不届き者が現われたら、わたしが追い払ってやる。心配はいらん。もっとも、武士に未練《みれん》はないがな」

意春は笑い、さらに言った。

「それなら、小田原へはお篠も一緒にいこう。船でいけば小田原への旅は、さほど大変ではない。お腹の子に船旅の景色を見せてやれる。こう言ってはなんだがな、わが父も母も筋を通すのに厳しく言うが、じつはとても思いやりがあるのだ。お篠のことはきっと許してくれるし、おまえがどういう妻かわかれば、気に入るのは間違いない」

ああ、どうしよう――お里季は堪らない不安に苛《さいな》まれた。

「よし、そうしよう。仙鶴堂さんの仕事が終わったら、お篠も一緒に小田原へいくのだ。楽しみだなあ。そうと決めたら、意欲が湧いてきた。さあお篠、余計な心配をせず、心安らかにしておれ」

お里季は意春の肩で泣いた。

意春のささやきがお里季の胸を切なく刺した。どうしたらいいの、と。

二

その日、昼前から風が吹き荒《すさ》んで、横殴りの雨が降ったり止んだりした。

海も川も漁師らは漁を見合わせ、渡し場の船も動かず、どこの表店《おもてだな》も昼からの商いを休業にした。

風烈《ふうれつ》廻り昼夜廻りの町方はこういう日は殊《こと》に忙しいし、定町《じようまち》廻り方も風雨がひどいからといって見廻りを休むわけにはいかなかった。

嵐が近づいていることは間違いなかった。

市中見廻りをのぞいて、町方は全員奉行所に待機が申しつけられた。

龍平は、白衣《びやくえ》に袴《はかま》を着け、黒の脚絆《きやはん》に紺足袋《こんたび》・草鞋《わらじ》履きにし、同心の一文字塗《ぬり》笠《がさ》をかぶり、黒羽織の上に紙合羽《かみがっぱ》を羽織《はお》った。

寛一と中間《ちゅうげん》の要助も菅笠、裾端折《すそはしょ》りに黒の脚絆、草鞋を履いて紙合羽を纏《まと》っている。

雨の合間に、湿った風が町筋をうなりをあげて吹きすぎた。

龍平とすぐ後ろに宮三、宮三の手下の甲太、寛一、中間の要助が両国は吉川町への道を取っていた。

夜の帳《とばり》が下りるまでには間があったが、部厚い黒雲にたちこめた町は夜でもなく昼でもない暗がりに覆われていた。

同朋町と吉川町の境の小路から、酒場の《内海》がある路地へ折れた。

五人が内海の店土間へ入ると、奥の調理場にいた蔵六と白粉《おしろい》こってりの女房が龍平に深々と腰を折った。

「旦那《だんな》、わざわざのお越し、畏《おそ》れ入りやす」

蔵六が言った。

内海の煤《すす》けた板壁に行灯が灯《とも》り、いつもは路地へ出す看板行灯は灯されないまま隅《すみ》に置かれてあった。

行灯の薄明かりが蔵六と女房の後ろにいるもうひとりの男を、ぼんやりと照らしていた。

「二階も狭いが、ここよりはましでやす。どうぞお上がりくだせえ」

「いや。みなこの雨でずぶ濡れだ。店を開けないのであればここでいい」

龍平が応え、みなは紙合羽を脱いだ。

「さいでやすか。ならちょいと狭いが、みなさん我慢をお願《ねげ》えしやす。おい、旦那方に酒をつけろ」

蔵六が女房に言った。

あいよ――と、女房が酒の用意にかかる。

ぶうん、と路地にうなる風が板戸をゆるがした。

「こちら、八弥《はちや》さんと言いやす。本所吉田町《ほんじよよしだ》町の彦蔵《ひこぞう》さんとこの若い衆でやす。宮三親分にお話ししやした旦那のお調べの、お役に立てるかと」

蔵六は宮三から龍平へ顔を向けた。

「八弥さん、北御番所の日暮さまと、こっちが竪大工町の宮三親分だ」

「八弥でごぜえやす。お見知り置きを」

八弥は調理場の奥から前へ出て、龍平と宮三に頭《こうべ》をぺこりと垂《た》れた。

小柄で色の浅黒い、瘦《や》せた男だった。

龍平は頷《うなず》いた。

蔵六は牢屋敷に収監されるところを龍平の温情に救われ、女房の前で大泣きするほどの恩義を龍平に感じたらしかった。

これまでそんな殊勝《しゆしよう》な心がけとは無縁だった男が、何かに目覚めたかのように龍平の恩義に報《むく》い、役に立ちたいという思いにかられた。

どうすれば役に立てるかと女房と相談した結果、宮三親分に訊いてみればということになり、蔵六は宮三に会った。宮三は「それなら」と、雁之助が殺される前の二日間の足取りの調べを手伝わせることにした。

雁之助の二日間の足取りは、確かなことは未《いま》だにわからなかった。

宮三は手下を手配りし、新石町の仙鶴堂から主水橋、主水橋を越えて本銀町、本町へいたるまで、さらに周辺の町家の表店の一軒一軒、ひとりひとりの訊きこみを丹念に進めた。

すると、仙鶴堂と通りを挟んだ斜め前の蕎麦屋《高松》に通いで働く小女《こおんな》が、七月十三日の夕刻、男と女が主水橋の袂《たもと》で立ち話をしているのを店の窓から見ていた、という話が聞けた。

離れていたし夕刻でもあったので女の姿形まではわからなかったけれど、小女は、男の方が高松の客だったことに着物の色柄でなんとなく気づいた。

その四十前後の年ごろの男を小女は前日の十二日も見ていた。

男は高松が店を開ける昼の前の四ツ半（午前十一時頃）ごろ店に現われ、一刻《いっとき》（約二時間）以上をかけて蕎麦を肴《さかな》に酒を呑《の》み、店を出た。しかも店を出てからも、男が通りをとき折りぶらついているのを小女は見ていた。十三日もほぼ同じだった。

まるで誰かが現われるのを、待ち構えているようだった。

しかし小女は、男を不審に思わなかった。

通りの反対側の地本問屋の仙鶴堂で人気の錦絵が売り出されるときなど、錦絵の数寄者《すきしゃ》と呼ばれる人たちが、仙鶴堂の店の前を絵師目当てにうろつくことがよくあったし、そういう人たちが高松の客にもなった。

錦絵などに関心のない小女は、男もそんな数寄者なのだろう、というぐらいに見ていたからである。

十三日の夕刻、小女は男と女の立ち話を見て、「あ、あの人だ」と思った。

「あの女を待っていたのか。誰だろう」

それぐらいにしか考えなかった。

その夜更《よふ》け、《利倉屋》の雁之助という番頭が八丁堤で追剝《おいはぎ》強盗に襲われた一件は知っているけれども、その男が雁之助かどうか知らなかった。

小女は雁之助の死体を見たわけではないし、町方の調べもなかった。宮三の手の者の訊きこみで小女はようやく「もしかしたらあの男の人が」と思い出して話したのである。

小女の話があってから宮三は、男と女の二人連れに絞って、七月十三日の夕刻以降五ツ（午後八時頃）近くまでに、界隈《かいわい》の小料理屋や煮売屋、蕎麦屋、さらには出会い茶屋、河岸場の船宿まで当たり、二人連れの客の訊きこみを続けた。

宮三は寛一が知り合いより借りたりして集めた、意春の《お篠もの》の美人画を手の者に持たせた。

「二人連れの男は四十歳ごろのいかにもお店《たな》の手代ふうで……女の方はこれに似た女なんだがね」

と、訊きこみ先に《お篠もの》を見せて男と女の二人連れの特定を試《ため》させた。

なんと、わずかだが《お篠もの》に効き目があった。

「この綺麗な年増なら、見覚えがありやす」

と、主水橋ではなく、乞食橋から板《いた》新道へ取った藍染《あいぞめ》川の側の小料理屋の亭主が言ったのだった。

「この絵よりはもう少々幼《おさな》げでやした。けど間違いありやせん。綺麗な年増だなと思いやしたので」

お篠が十三日の夜、仙鶴堂に意春の板下絵を届けた後、永富《ながとみ》町の小料理屋に男ときていたらしい。

二人がどんな話をしていたかは、聞こえなかった。

男の方が小声でほとんど話し、女は終始うな垂れて聞いていたという。

五ツ前、二人は小料理屋を出た。

ただし、小料理屋の亭主も連れの男が、その夜、八丁堤で追剝に襲われた一件の男かどうかについてはなんとも言えなかった。

「どうやら掛《かかり》の鈴本の旦那は、雁之助殺しを流しの追剝の仕業《しわざ》と決めてかかって、雁之助の足取りは一切《いっさい》気にかけていらっしゃらなかったようで。何もかも家《うち》のすぐ近所の出来事です。最初から調べてりゃあな」

と、宮三は町方の初動の探索が不満そうに龍平に言った。

小女の見たその男が雁之助かもしれず、立ち話をしていた女がお篠ということはあり得ないことではなかった。

だとすれば、お篠は夜になっても夫の待つ家にまっすぐ帰らず、なんの用があってその男と小料理屋へいったのだ。

その男と女が雁之助とお篠なら、雁之助の足取りがだんだんはっきりしてくるけれど、結局、雁之助とお篠を結びつけるものは、雁之助が持っていたお篠の美人画以外はなかった。

「こうなりゃあ、お篠本人に確かめてみるしかありませんね」

宮三が言った。

健五ら三人が、八丁堤で雁之助の懐を狙い雁之助の命を奪った一件の詮議が二、三ヵ月もすれば始まる。詮議が始まるまでに、雁之助の一件の当日の足取りを明らかにしておく必要があった。

しかし、龍平はお篠本人に話を訊くのを躊躇《ためら》った。

健五らが言った、雁之助は八丁堤ですでに倒れていたためつい出来心で、と白状したことがどうしても気になった。

漢方医・益岡季丈の話を聞いても、確信は得られなかった。

だが、お篠には前がある——龍平はそう思いたくなかったが、そう思えてならなかった。

お篠のその前と雁之助にはかかわりがあった。だから雁之助はお篠に会うた
め、仙鶴堂を見張っていた。お篠が仙鶴堂に現われるのを待っていた。

そしてお篠は現われた。

雁之助はお篠に何かを要求し、お篠は拒《こば》んだ。

雁之助はお篠にしつこく絡《から》んだ。

場所は人気《ひとけ》のない八丁堤。刻限は五ツごろ。

お篠は、しつこく絡む雁之助の身体を麻痺させ、逃げた。不忍池の弁才天で倅《せがれ》
の俊太郎を救ってくれたときと同じ技で。

そこへ健五らがき合わせた。もし健五らがき合わせなければ、雁之助は麻痺か
ら回復してお店に戻ったろう。

少なくとも、八丁堤の一件は起こらなかった。

そう推量すると筋が通る。

たぶんお篠にとって、誰にも触れられたくない前だ。

龍平が町方の役目を果たすためにお篠の前に触れれば、町絵師・涌井意春とお

篠の睦《むつ》まじい夫婦仲にひびが入ることになるかもしれない前だ。

できるなら、そっとしておいてやりたかった。

けれどもいずれは、と思いつつ龍平は躊躇っていた。

路地にまた風が吹き荒《すさ》び、板戸が震えた。

少しの間、やんでいた雨が路地を激しく叩き始めた。

壁の行灯の明かりがゆれていた。

蔵六から宮三に、利倉屋の雁之助とある女の因縁《いんねん》を知っている男が本所にいるという話がもたらされたのは、その嵐の日の午後遅くだった。

宮三からの知らせを受け、龍平らは夕刻の横殴りの風と雨の中、吉川町の内海へ急いだ。

八弥と蔵六が長板を渡した卓の腰かけへ壁を背にしてかけ、龍平と宮三が卓の向かいにかけた。

寛一と甲太、中間の要助は、龍平と宮三の背後の入れ床に座った。

蔵六の女房が熱燗《あつかん》のちろりと猪口《ちょこ》を並べた。

「八弥さん、お願えしやす」

蔵六が八弥の猪口に酒をついだ。

八弥は喉が渇くらしく、猪口を二杯続けて呷《あお》り、三杯目をゆっくり舐《な》めた。

「あっしは、生まれは相模の伊勢原《いせはら》の在の百姓で、十五歳のとき、ぐれて郷里を飛び出しやした。厚木の五郎治郎という貸元の盃《さかずき》をいただき、手下になってやくざ稼業に染まったんでございやす。あしかけ十四、五年も五郎治郎の配下におりやしたが、五年前の三十歳ごろにちょいと縮尻《しくじり》がありやしてね。それで五郎治郎の元から江戸へ、命からがら逃げてきたんでございやす」

雨が横殴りになって板戸を叩いた。

「さっき蔵六さんが言ったように、あっしは今、本所吉田町の彦蔵さん一家の厄《やっ》介《かい》になっておりやす。こんな人別もねえやくざなあっしが、なんで利倉屋みてえな日本橋の大店の、番頭を務める雁之助を知っているのか、訝しく思われるかもしれやせん。けどあっしと雁之助は、厚木にいたころの顔見知りでございやす。まあ、仕事上のつき合いと申しやすか」

仕事上のつき合い？　龍平はかえって八弥へ不審を覚えた。

「ただの顔見知りならまだしも仕事上のつき合いとなりゃあ、いっそう訝しく思われるのは無理はありやせん。けどね、お役人さま、世の中の営《いとな》みとは表向きは複雑に見えても、中へ入《へえ》れば存外単純な仕組みでございやす。単純だが根が深《ふけ》え。根が深えから複雑に見える。そうしたもんじゃございやせんか」

八弥はわけ知りに言った。

三杯目の猪口を空《から》にし、蔵六がすかさず八弥の猪口に酒を満たした。八弥はすぐには手をつけず、

「これから話をする前に、お役人さまに約束してほしいことがございやす」

と、指先で卓をとんとんと鳴らした。

「八弥さん、そいつぁ宮三親分に伝えてありやす。それを承知で旦那がお見えになったんだから、もうよろしいんじゃねえんですか」

蔵六が横から口を挟《はさ》んだ。

「いや。おれも腹を決めて話すんだ。それが元で、わが身にどんな災難が降りかかるかわかりゃあしねえ。雁之助みたいにな。お役人さまの口からお約束をいただかなきゃあ、安心できねえ」

「宮三親分からは聞いている。わたしは雁之助の一件の、まだ見えていない事情を知りたいだけだ。おまえの話はここだけにする。約束は守る」

「ふん。結構でやす。あっしはやくざで悪さはしたが、世の中にはあっしよりもっと悪いやつがいる。だからあっしはそいつらより善人だと言う気は毛頭《もうとう》ありや

せん。けどね、そいつらから逃げてきたことも実事《じつじ》でごぜいやす。そいつらに見つかったら、どんな目に遭わされるかわからねえ。もしもあっしが妙な死に方をしたら、これから話す裏話をちょいと探ってみてほしいんでさあ」

八弥は猪口を持ち上げた。そして不敵《ふてき》な面構《つらがま》えを向けた。

「ごみ溜《た》めのごみ同然のこんな命でも、取られたら恨《うら》みは残りやす。そのときはごみ溜めを探って、そいつらだってごみ溜めのごみだってことを思い知らせてやって、いただきてえんでさ」

「雁之助は、調べた限り、おまえの言う妙な死に方と少し事情が違う。雁之助の命を奪った者らは、たまたま同じ場所を通りかかった縁も所縁《ゆかり》もない者らと思われる。通りかかったのは偶然だった」

「雁之助は、あっしらよりもっと悪さをしている仲間でやすよ。お役人さま、逆なんだ。雁之助がなんでくたばったのか、そんなことはどうでもいい。あっしが言いてえのは、雁之助に狙われたやつがいるってことなんでやす。どんなふうに狙ったか、そいつぁわからねえ。わからねえが、狙った雁之助が逆に命を落としやがった。ごみみてえに。ふふ、ふふ……」

「今、あっしらと言ったな。おまえのほかにも、逃げてきた者がこの江戸にいる。そういうことだな」

八弥は、ひとつ、頷いた。

「蔵六さんに女が絡んでいるらしいと聞きやした。それで間違えねえと思いやした。たぶんそれは、この女でやす」

と、ひと折りにした半紙を懐から取り出した。

折りを開くと、色摺半紙に涌井意春の描いたお篠が現われた。

横殴りの雨が板戸を叩き、風がうなった。

行灯の薄暗い中からお篠の怯《おび》えたような眼差しが、龍平を見上げていた。

「この女しか考えられねえ。名前はお篠じゃねえ。お里季と言いやす」

八弥は言った。

三

馬喰町二丁目の旅人宿・根来屋二階の八畳間では、五郎治郎と三人の男らが支度をすませた。

背中を丸めた庸行をのぞいた三人は、博多帯に長脇差《わきざし》の黒鞘《くろさや》を鳴らして差しこんだ。

　五郎治郎が長着の裾を端折りながら言った。

「うまい具合いに嵐になったじゃねえか。仕事がやりやすくなったぜ。始末をつけたらそのまま厚木へ戻る。この大嵐は日ごろの信心のお陰だぜ」

　太く低い笑い声を響かせた。

「叔父き、お里季の魂消《たまげ》る顔を、おら早く見てえぜ」

　治田が言った。

「お里季は、こんな嵐の夜におれたちが押しかけるとは思っちゃいやせんぜ」

　手下の軍次が薄ら笑いをかえした。

「お里季を甘く見ちゃあ、ならねえ。油断したら、あっという間もなく、あの世いきにされるぞ。おれの、一番弟子だからな」

　庸行が嗄れ声を、途切れ途切れにこぼした。

「まったくだ。虫も殺さねえような顔をして、物騒な女だぜ」

　五郎治郎は手甲《てっこう》をつけた腕をさすった。

　先日、新大坂町の路地裏でお里季に突かれた腕がまだ少し痛んだ。

　廻し合羽を羽織り、手拭《てぬぐい》を男かぶりにしてその上から三度笠をつけた。

「いくぞ」

行灯の灯を消し、四人は階下へ下りる。

締め切った雨戸を風雨がゆるがしていた。

宿の主人と使用人が、草鞋をつけている四人の側へ跪《ひざまず》き、

「ひどい嵐でございます。これでは提灯《ちょうちん》も役に立ちません。何とぞお気をつけなさいまして」

と、こんな日の夜に宿を発つ客へ心配と不審を半ばにして言った。

「こんな日でも相手方はおれたちがいくのを待っているんでね。今夜は向こうに泊めてもらうことになりやしょう。明日、嵐がやんだら江戸を発つつもりでやす。こちらはこれまでだ。長らく世話になったね」

五郎治郎が部厚い身体を持ち上げた。

主人が「ありがとうございました」と手を板敷につき、使用人が表の板戸を開けるために土間へ下りた。

四人は嵐の通りへ躍り出ると、三度笠の縁をしっかりとつかみ、二丁目と三丁目の境の横町を、軒下に沿って馬喰町の大通りへと足早に取った。

大通りは雨が渦を巻いて暗黒の夜空に吹き上げられていた。

どこかから転がってきた樽が、からん、からん、とはずんでいった。

通りを横切り、馬喰町の次は横山町の大通りである。

むろん、人ひとり通らない。

四人は嵐の闇夜をゆく魑魅魍魎《ちみもうりよう》のごとくに横山町の大通りを突っ切り、横山町の小路、同裏通りと取って、次に横山同朋町と橘町三丁目の境の小路を平六店へと走った。

そのころには四人は、すでにずぶ濡れだった。

唐和薬種十組問屋《大坂屋》の看板と乾物問屋《伊勢屋》の看板らしきものが、風雨にさらされ震えていた。

降りしきる雨の水飛沫《しぶき》が、屋根瓦《がわら》に霧のように巻き上がっていた。

かねてから調べておいた両店の間の小路へ入る。

うなる風が四人の身体を押し戻しそうだった。

小路に平六店の出入り口に立つ木戸があり、木戸から平六店の路地をのぞくと、五軒長屋と四軒長屋の三棟の二階家はみな板戸を閉ざし、早《は》や寝静まっているかのようだった。

東側の井戸脇の椎《しい》の木が、激しくゆれていた。

どの住まいも物干し場用の裏庭があり、裏庭へ廻る細道をたどって庭側から屋内に侵入することができた。

軍次が先頭に立って細道を案内した。

東側の四軒長屋の三軒目が涌井意春の住まいである。

裏庭へ踏み入った四人の三度笠を、雨がしきりに叩いた。

軍次が裏庭から濡《ぬ》れ縁《えん》に上がり、風雨に絶えずゆさぶられる板戸の中の物音を確かめた。

「大丈夫《でえじょうぶ》だ。いきやすぜ」

軍次が振りかえり、言った。

「おお、さっさと終わらそう」

五郎治郎がうめいた。


「厚木の出張陣屋の元締は黒江左京という御家人でやす。屋敷は本所だが、当人は一年のほとんどを出張陣屋暮らしで、元陣屋のお代官は黒江左京に任《まか》せ切りでやすから、黒江は厚木の領主みたいに振る舞っておりやす。この黒江が頭目で、手附も手代もみな黒江の言いなりでやす」

八弥が言った。

「どんだけ横流しが行われていようと、ある意味じゃあ陣屋ぐるみ。二つの流れがあそこの陣屋には、当たり前に二十数年に亘《わた》って流れているというだけのことでござぃやす。むろん、近在の村役人らもみな承知のうえで、村役人らも甘い汁のおこぼれに与《あずか》るのが当たり前になっておりやす」

風がうなって、店がゆれた。

嵐に怯える犬の鳴き声が、遠くで聞こえた。

「だが、そういう仕組みを動かすのは黒江ひとりでできるこっちゃございやせん。徴収した年貢からなんやかんやと手数料、手間代の名目で裏口へ流される年貢米を表側にまぎれこませて市場に流さなけりゃあならねえ。当然、黒江と結んでいる業者がいる。それが利倉屋の雁之助でやす」

蔵六が八弥の猪口に酒をついだ。

「雁之助がいつ江戸店勤めになったかは知りやせん。けど、あの男がいたから厚木の陣屋の年貢米廻漕《かいそう》は利倉屋の柳島店が一手に引き受けていたんでございやす。そりゃあそうでしょう。正規の年貢米であろうと横流しの年貢米であろうと、采配は雁之助に任されていたんでやすから。江戸店勤めになっても厚木陣屋の仕切りだけは雁之助がやっていたと思いやす」

八弥はだいぶ酒好きらしく、顔色も変えず、ひとりでちろりを空にした。

蔵六が女房に新しい燗を命じ、「旦那方の酒も替えてくれ」と言った。

「八弥だけで、われわれはいい。まだ仕事中だ」

龍平は八弥へ笑いかけ、「冷えているが」と、自分の前のちろりを取って八弥の猪口に差した。

「こっちは相当いけそうだな」

「へえ。こればっかりはやめられません。これが元で、結局、沢山縮尻《しくじり》をやらかし、いい歳をして今じゃあこんなありさまでさあ。ふふん」

龍平の差した酒を、八弥は美味そうにすすった。

「今日はこんな嵐だが、酒さえ呑《の》ませてくれりゃあ、おれは今日だって構わねえぜって、蔵六さんに言ったんでさあ。はは……ご心配《しんぺえ》なく。どんだけ呑んだって、てめえを見失うほど酔っ払ったことは、これまでに一度だってありゃしやせん。酒で縮尻ったってえのは、酒を好きなだけ呑む手立てがてめえの思うようにいかなかった、ってえだけのことでさあ」

八弥の表情や口振りは、だんだん滑らかになっていた。

「ただ、雁之助がいなくなって、これからは誰が雁之助の役目をこなすんでしょうかね。まあ黒江が元締になって二十数年、一度もぼろを出さずに横流しの仕組みを維持してきた黒江のことだから、雁之助の代わりはとっくに用意しているでしょうがね」

「二十数年、元陣屋のお代官は気づかないのか」

「無理でやすね。手附に手代、書役《かきやく》、勝手賄《かってまかない》、足軽《あしがる》、中間にいたるまで、厚木陣屋のことごとくを手懐《てなず》けているんです。それに業者の雁之助に在《ざい》の村役人らもこぞって仲間だ。気づきようがありやせん。早い話が、あそこじゃあ黒江の仕組みが本式ですから、その仕組みを邪魔するやつが無法者ってえことです」

「年貢を徴収する方がそれでは、年貢を納める百姓は堪らぬな」

「けど、八弥さん、厚木の誰も彼もがそうなのかい」

と、宮三が口を開いた。

「数は少なくても、それはおかしい、不正は正すべきだ、という声が上がりそうなもんだが」

「宮三親分、どうぞ八弥と呼んでくだせえ。宮三親分のお噂は彦蔵親分からもお聞きしておりやした。八弥でよろしゅうございやす」

「そうかい。どうせろくな噂じゃなかろうが、八弥と呼ばせてもらう。で、どうなんだい、そういう動きは。たとえば、厚木の出張陣屋の内情を元陣屋のお代官さまへ訴え出るとか」

「黒江のやり口が二十数年もぼろを出さずに続いたのは、たぶん、みんなで渡りゃあ深い川だって恐くなくなるのでございやしょう。けど、そうじゃねえ者もいやした。今だって、黒江に不審を抱き、こんなことはやめるべきだと考える者はいると思いやす。陣屋内は黒江の目が光っているから、そういう者の動きは封じられやすが、利倉屋以外の問屋、在の村役人らの中にならね」

「そういう者らはどうなった」

「陣屋の手附や手代、侍らが表立って、そういう者らを脅すわけにはいきやせん。でね、黒江は雁之助を仲間に引きこんで本式と横流しの廻漕米の仕分けを仕切らせたように、在の貸元を仲間に入れて、貸元にそういう不逞《ふてい》の輩《やから》に情け容赦《ようしゃ》なく灸《きゅう》を据えさせることにしたんでごぜいやす」

「やくざに、そういう動きを封じさせたんだな」

「へえ。その貸元が、あっしが逃げ出す前までの親分だった、厚木の五郎治郎でやす。図体のでけえ物騒な男でね。手下に命知らずの悪《わる》をごろごろ抱えていて、そいつらが黒江に逆らう輩を徹底して締め上げるんでさあ。脅しに拷問はまだましな方だ。あるとき、ふっとね、一家ごと厚木近在や東相模から消えちまうこともあった。どこに消えちまったかって？　さあ、どこでしょうねえ」

　八弥は浅黒い不敵な面《つら》をゆるませ、冷えた酒を口に含んだ。

「馬入川の魚の餌になっちまったか、裏山に埋められちまったか。かく言うあっしも五郎治郎の手下で悪さはしたが、五郎治郎とそいつらの極悪非道ぶりには震え上がりやした。信じてくだせえ。あっしは陣屋やら利倉屋の雁之助との使い走りをやらされておりやした。雁之助との仕事上のつき合いと言いやしたのは、そのときのことなんでごぜいやす」

　長どすを振るう喧嘩《けんか》出入りや、人を疵《きず》つけたりはしたが、それはみな近在の貸元との縄張り争いの場で、逆らう輩に脅しをかけ、拷問、虫けらみたいに始末する、「そこまではやっちゃあおりやせん」と八弥は繰りかえした。

「早《はえ》え話が、厚木の五郎治郎の店《たな》は近在に睨みを利かす、隠密の牢屋敷のようなところでごぜいやした。牢屋はねえが、黒江の命があればどこへでもいって脅す、痛めつける、ときには消す。たかが当麻村の番太だった五郎治郎が東相模一の貸元にのし上がったのは元締の黒江の後ろ盾があったからで、根は深えが、仕組みは単純なんでごぜいやす」

なんということだ。

出張陣屋の黒江を頭《かしら》に、各村の村役人らが黒江配下の手附や手代の指図《さしず》で年貢を徴収する。雁之助の組が徴収した年貢の横流しを仕切る。やくざの五郎治郎の一家がその仕組みを維持するために逆らう者を陰で始末する。

黒江の下に邪《よこしま》な富が集まり、その富にたかる者がいる。邪はそれらの者によって、守られる。まるで幕府の政《まつりごと》の、役方《やくかた》と番方《ばんかた》の雛形《ひながた》ではないか。

宮三の溜息《ためいき》が聞こえた。

雨が板戸を叩き、吹きつける風が店の柱を軋《きし》ませた。

龍平は卓の上の意春の美人画を見た。

艶やかなお篠が、龍平を見上げている。俊太郎と橋町の家を訪ねたあの日のお篠の、童女のような笑顔が思い出された。

「女の話を、してくれ」

龍平は八弥を見つめた。

四

《相模のお里季》の名が東相模一帯のやくざや博徒らの間で知れ渡ったのは、馬入川沿いの溝《みぞ》村一帯を縄張りにする貸元《六輔《ろくすけ》一家》と、当麻村より北東へ縄張りの拡大を狙った《五郎治郎一家》の間で起こった抗争においてだった。

厚木の陣屋の後ろ盾を得ていた五郎治郎一家は、飛ぶ鳥を落とす勢いで東相模の馬入川近在を傘下に収めつつあった。

五郎治郎の手段を選ばぬ強引な手口を、厚木の陣屋は一切取り締まらなかったし、むしろ、陰で支援さえした。やくざ同士の抗争は双方で始末をつけよ、という姿勢を表向きは保っていた。

五郎治郎の意図に逆らう貸元らはいたが、どの一家もみな五郎治郎の力に屈服《くっぷく》し、その陰では血なまぐさい出来事が幾つも起こっていた。

五郎治郎と溝村の六輔の話し合いが持たれたのは、お里季が十六歳の秋である。

場所は八王子《はちおうじ》街道の馬入川の渡し場にある、古い出茶屋だった。

六輔は父親より溝村の縄張りを受け継いだばかり。血気盛んな若い貸元で、手を組もうという五郎治郎の脅しめいた話し合いの申し入れを、「舐めんじゃねえ」と、当初は頑《かたく》なに拒んでいた。

それが、今の五郎治郎に逆らい出入りになっても勝ち目はないという判断が働いたか、六輔側が話し合いに応じる姿勢を見せた。

当麻村と溝村の間の人目のある場所、昼間、手下は三人まで、それさえ飲むなら話し合いには応じるという六輔側の返答に、五郎治郎一家は高をくっていた。五郎治郎は子分らに上機嫌で言った。

「六輔の若造が、恐れをなして折れてきやがったぜ」

数日後、馬入川の当麻村の対岸ながら、当麻村にほど近いその出茶屋で双方手下を三人だけともない、五郎治郎と六輔の差しで談合する段取りが決まった。

当日、五郎治郎は出茶屋にともなう三人の中に庸行という五十代半ばの男と、十六歳の小娘のお里季を入れた。

庸行は琉球から流れてきた、得体の知れない男だった。

二十年近く前、当時は当麻村の若い番太だった五郎治郎の小屋に住みつき、五郎治郎が近在の貸元にのし上がったあとも五郎治郎の傍《かたわ》らにぴたりとつき従う、土地のやくざらの間では《はぶ手》という綽名《あだな》で通っている男だった。

と言うのも、五尺四寸足らずの背丈に痩せ細った身体つきの、一見、貧しい行商が隠居暮らしになったような風貌《ふうぼう》だったが、その見栄《みば》えのしない風貌とは裏腹に、じつは庸行は唐手《からて》という琉球武術の達人だった。

黒江に命じられた邪魔者の脅し、拷問、殺しの多くを、五郎治郎に代わってひと突きで相手を葬《ほうむ》り去る《はぶ手》を駆使し庸行が手をくだしてきたことは、土地のやくざで知らぬ者はなかった。

その《はぶ手》の庸行が、お里季の唐手の師匠だった。

十六歳の痩せっぽちのお里季を三人の中に入れるといいと勧めたのは、庸行だった。庸行は、

「もしものとき、間違いなく役に立つ」

と、五郎治郎に耳打ちした。

五郎治郎は初めは冗談かと思った。だが庸行が本気と知って意外に思った。改めてお里季を見直し、お里季が童女《どうじょ》から娘に成長していることを知った。

「いつの間に、あんな娘になっていやがったのけえ」

五郎治郎は驚きを覚えた。

六輔との談合の当日昼、五郎治郎は馬入川渡し場の出茶屋に、若い衆ひとりに庸行とお里季をともなって向かった。

渡し船を降りて河岸場から堤の雁木《がんぎ》を上ると、出茶屋の前で六輔と三人の手下らが、もう五郎治郎の傘下に入ったような腰の低さで出迎えた。

むろん、三人以外に手下はいない。

「本日はいいお日和《ひより》で」

六輔が言い、

「ああ、いい日和だ」

と、五郎治郎は笑って応えた。

秋の青空の下、馬入川の両岸から相模の野が広がっていた。

出茶屋は小広い土間に入れ床の席や長腰かけが幾つかあって、旅姿の客が十人ばかりいたが、差しの談合をするのに邪魔になるほど騒がしくはなかった。

昼間、人目のあるところで、という程度の六輔側の申し入れは無理もねえと五郎治郎初《はじ》めみな軽く見ていたから、気にかけなかった。

五郎治郎と六輔は、緋毛氈《ひもうせん》の敷物の入れ床に向かい合って座り、酒はあとでということでまずは六輔が単刀直入に、

「溝村が厚木の仲間に加わる前に、厚木なりの目当てがありやしょう。それを聞かせていただき、納得したうえで溝村の返答をさせていただきやす」

と、切り出したところから談合が始まった。

「よかろう。そっちにはそっちの支度ってえものがあるからな」

五郎治郎は余裕でかえし、穏やかに要求を突きつけた。

要求は単純だった。

溝村近在の縄張りは六輔一家に任せる。その代わり、厚木の五郎治郎一家へ上がりの何がしかを上納すること。もし六輔一家が余所《よそ》の一家と縄張り争いになったときは、五郎治郎一家は六輔一家を支援する。

五郎治郎は、若い六輔に世間の流れを諭《さと》し、したり顔で言い聞かせた。長くはかかるまいと、まだ思っていた。ところが、

「どうでえ、六輔さん」

と、話し終えたとき、六輔はけたたましく笑い始めたのだった。

双方の三人の手下らは、それぞれの親分の後ろの土間に控え、成りゆきを見守っていたが、六輔の手下らも一緒になって、五郎治郎の滑稽《こっけい》ぶりを囃《はや》し立てるかのように笑った。

「五郎治郎、ふざけんじゃねえぜ。てめえ、何さまだと思っていやがるんだ」

六輔が言葉つきを豹変《ひょうへん》させ、五郎治郎に凄《すご》んだ。

五郎治郎は啞然《あぜん》とし、六輔の豹変の意図がわからなかった。

「てめえなんぞに、溝村の肥溜《こえだ》めひとつ渡さねえぜ」

六輔はさらに浴びせた。われにかえった五郎治郎が、

「てめえ、とち狂いやがったか」

と喚《わめ》いた瞬間、「やっちまえっ」の六輔のひと声で五郎治郎と庸行、お里季、若い衆の四人の目に衝撃の光景が映ったのだった。

出茶屋の旅姿のおよそ十人ほどの客が一斉《いっせい》に長どすを抜き放ち、「ぐおおっ」と怒声を上げ四人に襲いかかってきた。

なんと茶屋の客は、客を装《よそお》った六輔の手下らだった。

謀《はか》られた、と気づいたときは手遅れだった。

最初に若い衆がどすを抜く間もなく、取り囲まれ斬殺された。

同時に、六輔と三人の手下が五郎治郎ひとりを狙って斬りかかった。

五郎治郎は腕を斬られ、悲鳴を上げて土間へ転《ころ》がり落ちた。

庸行とお里季などには、目もくれなかった。

六輔は端《はな》から五郎治郎に屈服する気などなかった。

騙《だま》し討ちにしてでも、この機に五郎治郎の息の根を止め、当麻村の縄張りどころか、五郎治郎に取って代わって東相模一帯の貸元にのし上がってやるぜ、という野心に若い六輔は燃えていた。

五郎治郎は血を流し助けを呼び、土間を転げながら逃げ廻った。

土間の長腰かけが倒れ、茶碗が転がった。

六輔らは、たちまち五郎治郎に迫った。しかし、

「くたばりやがれえっ」

と、喚いて手下三人と寄ってたかって五郎治郎を串刺しにしようとした刹那《せつな》、六輔らは一瞬のうちに店の四方へはじき飛ばされていた。

六輔の打った手は見事功《こう》を奏《そう》したが、重大な手抜かりがあった。

目もくれなかった年寄りの庸行と痩せっぽちの小娘のお里季が、どういう手下なのかがわかっていなかった。

庸行の噂は聞いていたが、あんな老いぼれ、と油断していたし、ましてや小娘のお里季は「餓鬼じゃねえか」と、数にも入っていなかった。

だが、六輔らは土間へ転がり落ちた五郎治郎を追った束《つか》の間《ま》に、庸行とお里季

に襲いかかった十人のうちの先頭の三人が、ひとりは首の骨を折られ、ひとりは顎を砕かれ、ひとりは急所を潰《つぶ》されたことに気づかなかった。

店の隅《すみ》へ蹴り飛ばされた六輔の手下のひとりは、身体が麻痺して動けなくなった状態のまま、それから店の中で起こった惨状をつぶさに見た。

それは、年寄りが土間に倒れた五郎治郎を守り、小娘がひとりで長どすを振りかざす男らを相手に、縦横無尽に飛翔している光景だった。

小娘は一瞬の停滞もなく、正拳、裏拳《うらけん》、貫手《ぬきて》、掌底《しょうてい》、打ち落とし、前蹴り、回し蹴り、二段蹴り、関節蹴り、横蹴りと浴びせかけ、男らはひとり残らず蹴り飛ばされ、血飛沫《ちしぶき》を飛ばし、痙攣《けいれん》し、骨を砕かれ、泣き叫び、のたうち廻った。

六輔は店から逃げ出したところを、庸行の命で追ったお里季の飛び蹴りを背後から受け、背骨を砕かれ下半身が不随となって一ヵ月後に息を引き取った。

馬入川の渡し場の乱闘の凄まじさは評判になり、お里季の名が一気に馬入川一帯の在に広まった。

「あっしら五郎治郎の手下の間でも、それまでは風呂焚《た》きや飯炊きをやっていた孤児《みなしご》のまだ男も知らねえ餓鬼で、あと一、二年もすりゃあ厚木の飯盛《めしもり》をやらされるんだろう、ぐらいに思っていたのが、じつはとんでもねえ恐ろしい小娘だった。そう、相模のお里季、といつの間にか呼ばれるようになりやしてね。はぶ手の庸行と同じ始末人としてでごぜいやす」

　お里季の生まれ？　聞いたことがありやせん――と八弥の話は続いた。

「お里季が七歳のときでやした。丹沢の山奥で行き倒れた逃散《ちょうさん》百姓か流民の子で、ひとり生き残っていたのを通りかかった旅の行商が仕方なく助け、厚木まで連れてきて五郎治郎に売り飛ばしたと聞いておりやす。孤児《みなしご》にしちゃあ可愛《かわい》らしい顔をした餓鬼だったからか、本当に飯炊きやら風呂焚きが欲しかったからか、五郎治郎がどういう魂胆《こんたん》でお里季を買ったのかはわかりやせんが……」

　七歳のお里季は、当麻村の番太から貸元にのし上がっていた五郎治郎の厚木近在に構えた屋敷で、掃除洗濯、水汲みに飯炊き風呂焚きをやらされた。

「庸行は薄気味の悪いじいさんでごぜいやした。おれたち下《した》っ端《ぱ》にはほとんど口を利かなかったし、おれたちも、はぶ手とやらの、相当物騒な男と聞いておりやしたから近寄らねえようにしておりやした。もっとも五郎治郎一家にゃあ庸行のみならず、物騒な手下がごろごろしておりやした。じいさんひとりが物騒だったわけじゃねえが、庸行は中でも特別でごぜいやした」

　庸行は琉球の海で漁の最中に嵐に遭って遭難し、和蘭陀《オランダ》船に助けられ、長崎《ながさき》の出島《でじま》にきた。出島を逃げ出し、それから諸国を流浪し、流れ流れて相模にたどり着き、当麻村の五郎治郎の番太小屋に住みついたと聞いた。

じいさんと言っても、八弥が厚木の五郎治郎の手下になったころ、庸行はまだ四十の歳にもなっていなかったと思われたが、八弥には初めて庸行を見たときから、じいさんにしか見えなかったと言う。

その薄気味の悪い庸行が、はぶ手、すなわち琉球武術の唐手なるものを、屋敷にきたばかりのちびのお里季に、教え始めたのは知っていた。

八弥ら若い衆は、貧弱な体軀《たいく》の庸行と童女のお里季がじゃれつくように、攻撃、受け、反撃の組手の反復稽古をやっているのを見て、せせら笑ったものだった。

腹の肉を締め、腕を固め、巻き藁《わら》を拳《こぶし》や手首、足裏で繰りかえし打ち続けるのは単調でつまらなそうだったし、小さなお里季が重たげな石を持ち上げ、持ったままそれを様々に持ち替える仕種《しぐさ》は、滑稽にさえ見えた。

庸行が、転身、間合、残身、とお里季にぼそぼそと言っている意味がわからなかったし、どう見ても、初めは餓鬼の遊戯と変わらなかった。

「ちびのお里季にどんな素質を見出《みいだ》したのか、なぜ年端《としは》もいかねえお里季を弟子に選んだのか、それは庸行じいさんの胸先ひとつでございやした。お里季がそれほどの素質だったのかもしれやせんし、庸行じいさんなりの考えがあったためかもしれやせん。ともかく庸行じいさんは、まだ童女だったころからお里季に己《おのれ》の技を継がせるべく、辛抱強く唐手を仕こんだんでございやす」

八弥は懐《なつ》かしげに言った。

「今にして思えば、じいさん以上にお里季は辛抱強《づえ》え餓鬼でやした。端女《はしため》の仕事の合間に、じいさんに言われるまま、泣きもせずただ黙々と、つまらねえ稽古を続けておりやしたから。あっしらがたまにからかっても、お里季は黙ってうな垂れているばかりでございやした。あっしは初め、お里季は口が利けねえ餓鬼なんだと思っていたぐらいで」

そう言って懐かしげに笑った。

「五郎治郎でやすか？　五郎治郎は、まさか痩せっぽちの小娘が《相模のお里季》になるなんて思いもしやせんから、庸行じいさんの物好きを面白がって放っておいただけだったと思いやす。けど、五郎治郎みてえな野郎が余計な口出しをしなかったから、よかったんでございやすよ。だから庸行じいさんは、お里季を《相模のお里季》に育てることができたんでございやすよ」

足かけ十年の歳月がすぎたお里季十六歳の秋、水汲みに飯炊きと風呂焚きの端女のお里季が《相模のお里季》に生まれ変わった。
だからなんでございやすよ——と八弥は笑って繰りかえした。

五

風のうなりが獣の群れの鳴き声のようだった。

激しく打ちつける雨が店の板戸を震わせ、調理場の女房がゆれる店の天井を見上げた。

「お里季という娘は、なぜ江戸へ出てきた。五郎治郎の元を逃げ出した事情があったのだろう」

龍平は八弥の猪口にちろりを差した。

八弥は、畏れ入りやす、という仕種で受けた。そして、

「五郎治郎は、お里季に気づいたんでございやす。十六歳のお里季が、もう痩せっぽちの餓鬼じゃなくて、綺麗な花に育っていやがったことをでやす」

と、口元に近づけた猪口を止めて言った。

「花は蕾《つぼみ》で、虫を誘う蜜もまだ甘酸っぱいばかりの香りだった。けど、蕾を見りゃあ、綺麗な花の咲くのが目に浮かびやした。誰も気づかなかったが、みんな一斉に気づきやした。春がきたんだってね。お里季がすっと佇《たたず》んでいるだけで、その周りが輝いていた。あっしら、それまでお里季をからかっていたのがあるときからお里季に見つめられて、口が利けなくなったんでごぜいやす」

八弥は猪口を、舐めるようにすすった。

「相模のお里季という物騒な女だったからじゃありやせんよ。あっしはお里季より十《とお》以上年上だが、お里季に見つめられるともう恥ずかしくなっちまいやしてね。心を奪われるというのは、ああいう感じなんでござぃやしょう。そうそう、利倉屋の雁之助だって、お里季にえらく執心《しゅうしん》していたと思いやす」

寛一と甲太が小声で「雁之助は……」と、二言三言交わすのが聞こえた。

龍平はさらに訊いた。

「五郎治郎はそれに気づいて、どうした」

「へえ。お里季には、もう端女仕事はさせやせんでした。ほかの端女や下女らと一緒に寝起きさせていたのを、お里季には別の部屋を与えて、扱いががらりと変わったんでごぜいやす。化粧をさせ扮装《みなり》も小綺麗に拵えさせ、庸行をともなって出かけるときは、お里季は必ず一緒でやした。五郎治郎はお里季に庸行と同じ危ねえ仕事をさせつつ、一方でてめえの女にする魂胆だった」

「五郎治郎に女房はいたのだろう」

「そりゃあもう、大年増のおっかねえ女房がおりやしたし、若え妾《わけめかけ》奉公もたいてい二、三人は抱えておりやした。けど、お里季はそういうのとは、ちょいと別でござんした。なんて言いやすか……」

と、八弥は小首を傾《かし》げ考えた。

「人を一瞬にして葬り去るおっかねえ始末人の相模のお里季だからこそ、てめえのものにして思うように愛《め》でて玩《もてあそ》ぶのをひけらかす。たとえば、恐ろしい雌《めす》の虎をてめえの側に侍《はべ》らせ慰み物にするのを自慢する。五郎治郎にとってお里季は、言ってみればてめえを見せびらかすのにうってつけの、錦繡《きんしゅう》の衣みてえな、そんな女だったんだと思いやす」

「お里季は、そうなったのか」

「ところが五郎治郎は、あっしらも同じだが、みんなお里季の上《うわ》っ面《つら》しか見ちゃあいなかった。七歳のときに一家は野垂れ死んだ。たったひとり生き残り、五郎治郎の屋敷で端女としてかろうじて生き延びた。身につけたのはじっと耐え忍ぶことと、庸行に仕こまれた人を一瞬に葬るおっかねえ技だった。そうして瘦せっぽちの餓鬼が、いつの間にか花も恥じらう娘に育った。

「花の中にどんな心が育っていたのか、誰も気づいていなかったのか」

龍平が八弥の言葉を補った。

「ふふ。面白い言い方をなさいやすね。旦那の仰《おつしや》るとおりでございやす。そう、あれは馬入川の騒ぎから一年近くがたったころでやした。そのころ、相模のある廻漕問屋が黒江に近づいてきやしてね。黒江に妙なおねだりをするようになった。早い話が、厚木の出張陣屋の利権を自分らにも少しばかり分けてもらいてえ、それがだめなら江戸の元陣屋へご相談申し上げるしかありやせん、と」

「黒江を脅したんだな」

「悪事は悪事で、ひと筋縄にはいかねえもんでございやすねえ。黒江と雁之助と五郎治郎が密談した結果、始末するしかねえ、ということに決まった。むろん始末するのは五郎治郎一家でやす」

「お里季がやったのか」

「誰がやったのか、あっしはその場にいやせんでしたので確かなことは知りやせん。けど間違《まちげ》えなく、あれは五郎治郎が庸行とお里季、それに数人の手下とともにに出かけた、あの夜のことだった」

「なぜそうだと言える」

「あとでも聞きやしたが、あの場で起こったことを見てりゃあ、たいてい察しはつきやすよ。あの晩、あっしら手下は寝ずに五郎治郎らが戻ってくるのを待っておりやした。一行が戻ってきたのは、真夜中すぎでやした。あとは寝るだけ、と思っていたところが、五郎治郎がいきなり怒鳴《どな》り出して、それからみなの前でお里季に折檻《せっかん》が始まったんでござぜいやす」

「折檻?」

「へえ。何しろ五郎治郎が大変な剣幕でお里季をねじ伏せ、てめえ誰のお陰でまんまを食えていると思っていやがる、いつまで餓鬼のつもりだ、おれの顔に泥を塗りやがって、この始末、ただじゃすまさねえ、と頭やら顔に拳の雨を降らせたんでござぜいやす。五郎治郎は大男でね。あの太い腕で、小枝みたいなお里季なんぞ圧《へ》し折るのにわけはなかった」

八弥はその夜の折檻のありさまを語った。

お里季は悲鳴も泣き声もうめき声も上げず、五郎治郎に打たれるままになっていた。

五郎治郎は泣き声ひとつもらさないお里季に、いっそう激昂《げっこう》を募《つの》らせた。

「肝心要《かなめ》の勘所で怖気《おじけ》づきやがって。人の命のひとつや二つ始末できねえで、おめえになんの取《と》り柄《え》があるってんだ」

五郎治郎は喚いた。

「今夜わかったぜ。おめえはただのしょんべん臭《くせ》え小娘だってえことがな。これからみなの見ている前で、おめえを女にしてやるぜ」

怒りに任せて五郎治郎は、手下らが取り囲む中でお里季を組み敷いた。

五郎治郎の巨体の下でお里季は初めて、

「いやだあっ」

と、叫び抵抗した。

五郎治郎は、お里季の抵抗など歯牙《しが》にもかけなかった。

「小娘が、思いっきり哭《な》かせてやる」

と、のしかかった途端、お里季はやむを得ず、五郎治郎の太腿《ふともも》の経穴《けいけつ》へ指先を突き立てた。

「あたたた……」

五郎治郎が太腿を押さえて板敷へ転がった。

お里季はすかさず身を起こして海老《えび》のように後退《あとじさ》り、額《ひたい》を板敷にこすりつけ、

「旦那さん、ごめんなさい、ごめんなさい……」

と、必死に許しを乞うた。

だが五郎治郎は、そんなことで引き下がる男ではなかった。

弱い者であろうと怯える者であろうと、怒りに任せて引き裂くのを屁《へ》とも思わぬ男だった。

「て、てめえら、お里季を丸裸にして手足押さえろっ。誰か薪《まき》を持ってこい。薪で引っ叩き、灸《きゆう》をすえてやる。くそおっ」

痛む腿をさすりつつ、周りの手下らに喚いた。

五人の手下らがお里季につかみかかり、着物を剝《は》ぎにかかった。

「おら、親分に灸をすえてもらえ」

「おとなしくしやがれえっ」

お里季の悲鳴が上がり、哄笑《こうしよう》がどっと起こった。

次の瞬間、悲鳴が上がった。

五人の手下らが吹き飛ばされ、ごろごろと転がった。

お里季の痩せた小柄な身体が身構え、ぐるりと男らを見廻した。

男らの哄笑が、一瞬にして凍りついた。

相模のお里季を本当に怒らせればどんな目に遭わされるか、その五人も見守る手下らもまだわかってはいなかった。

「あたしの身体に触れるやつは、生かしちゃおかない」

お里季が叫んだ。

手下らの半ばは啞然とし、半ばはぞっとした。

真っ青に染まったお里季の容顔《かんばせ》が、夜を引き裂く不気味な死の気配と魂を吸い取られそうな凄艶《せいえん》さを浮かべたからだった。

誰も立ち上がれなかった。

五郎治郎ですら声を失っていた。

庸行がひとり、おもむろに立ち上がった。

お里季は庸行に対し、いっそう膝を折り、構えを固めた。

「お里季、おまえの居場所はここにしかねえ」

庸行が、よろ、よろ、と進みつつ言った。

「ならあたしは冥土《めいど》へゆく。ここはもう沢山だ。冥土のお父《と》っつぁんとおっ母さんに会いにゆく」

お里季は庸行を睨んで言った。

「師匠、それ以上くるな。それ以上きたら師匠とて地獄に送るぞ」

お里季の叫びが、庸行の歩みさえ制した。

「その夜がお里季を見た最後でごぜいやした」

と、八弥は言った。

表の小路の方で用心桶《おけ》が崩れたのか、桶の転がる音がした。

龍平と宮三は顔を見合わせた。

入れ床にかけた寛一、甲太、中間の要助、八弥の隣の蔵六、調理場の女房、みな押し黙って、風と雨の音を聞いていた。

蔵六がわれにかえって、「八弥さん、まあどうぞ」と酒をついだ。

八弥は猪口にあふれそうな酒を見て言った。

「あの夜、お里季が五郎治郎の屋敷を去るのを、止められる手下はおりやせんでした。庸行じいさんでさえね。お里季は着の身着のままで出ていったんでごぜいやす。お里季が出ていくとき五郎治郎が、どこへ逃げようとおめえを必ず探し出すぜ、と叫んだのが、負け犬の遠吠えに聞こえやした」

八弥が猪口を持ち上げ、くっくっ、と笑った。

手がゆれて、酒が数滴こぼれ意春のお篠の上に垂れた。

「おっといけねえ。せっかくの美人のお里季を汚しちゃあ」

と、腰に下げた汚れた手拭で絵を押さえた。

「あれから六年、こんな色っぺえ年増になっていたとはよ。十七歳のそんなお里季を見てたから、翌年あっしも五郎治郎の屋敷から逃げ出す決心がついたんでござぜいやす。でなきゃあ、恐ろしくてとてもできなかった。五郎治郎は仲間を抜けるやつは絶対許さなかった。黒江がね、そう指図していやした。てめえらの悪事が絶対外にこぼれないように、くそ用心しやがってね」

「五郎治郎がこの絵を見たら、江戸までお里季を始末しにくると思うか」

龍平は美人画から八弥へ眼差しを移し、訊いた。

「あっしはくると思いやす。けど、始末とは限らねえ」

「限らない？　どういうことだ」

「五郎治郎はあの歳で、十七歳のお里季に惚《ほ》れていやがったんですよ。表向きは折檻してやるなんて言ってやした。けどね、お里季を始末してやるなんて言いながら、五郎治郎の内心じゃあ、あわよくば連れ戻してえなんて思っていたりして。あの男なら、そういうことは充分考えられやす。十六、七歳の蕾が、ましてやこんな花を咲かせていたんじゃねえ」

　龍平は、ふと、思った。

「雁之助はどうだ。雁之助はお里季が地本問屋に現われるのを待ち伏せしていたと思われる。雁之助はお里季を待ち伏せ、どうするつもりだったたと思う」

「ああ、雁之助もお里季に惚れておりやしたからね。案外、おれが口を利いておめえの命を助けてやるから、おれの女房になってくれ、とかなんとか、言い寄ったのかもしれやせん。もっとも、雁之助じゃあ何を言っても無理だが」

　そのとき、一段と激しい風がうなり、その風に乗ってか、どこか遠くからひと筋の、頼りなげな呼子《よびこ》の音《ね》が谺《こだま》した。

　ぴぃいいいい……

　それは細く長く、たった一度、まるで嵐の彼方《かなた》のどこかで助けを求める悲痛な哭き声に聞こえた。

　龍平が見上げた煤けた天井が風雨にゆさぶられ、悲しげに軋んだ。

「宮三親分、聞こえたか」

「聞こえやした。遠いが、南の方角でやす」

　宮三が性根の据わった低い声を響かせた。

「いくぞ」

龍平が立ち上がり、宮三が続いた。

寛一、甲太、要助も即座に立ち上がって、紙合羽をまとった。

「八弥、礼は後ほどする。蔵六、世話になった」

龍平は刀を腰に帯びながら、二人へ頷きかけた。

「日暮の旦那、あっしもいきやすぜ。手伝わせてくだせえ」

蔵六が腰かけを鳴らし、立ち上がった。

六

濡れ縁の軍次が板戸を持ち上げ敷居からはずすと、ぶうん、と吹きつける風に二階家ごと持ち上げられる感触が伝わった。

二階の意春の仕事場と続き部屋になった四畳半に寝ていたお里季は、その感触に眠りを覚まされた。お里季は闇の先へ目を開けた。

暖かくやわらかい寝床の中で、階下より伝わる奇妙な気配を覚えた。

隣に意春のぬくもりがあり、寝息が聞こえる。

雨の音、風の音が違っていた。
誰かが家の中に入ってきたのだ。
「あんた、あんた、起きて……」
お里季は意春の身体を小さくゆすった。
「うん、どうした」
気持ちよさそうな寝息が消え、意春が小声で訊いた。
「誰か下にいる」
お里季がささやき、店の柱が軋んだ。
風雨に家がゆれていた。
しかし、間違いなく人の侵入した気配をお里季は感じ取っていた。
ぎし、とまた聞こえた。
風がうなり、雨が吹きつけていた。
異変に気づいた意春も布団から素早く身を起こし、刀架《とうか》の刀を取った。
いずれは捨てるつもりでも、意春はまだ武士である。
枕元の刀架に、黒鞘の刀は使われることなく飾ってある。
ぎし、と階段が鳴った。

「仕事場の方へいきなさい」

意春が仕切りの襖《ふすま》を両開きにし、寝間着代わりの帷子《かたびら》を裾端折りにした。

「あんた……」

お里季には、あいつらがとうとうきた、とわかっていた。

逃げて、と意春に言いたかった。

「心配ない。部屋の隅に身体を小さくしているのだ」

意春はお里季の肩を押して言った。

間違いなく狭い階段を上がってくる軋みが続いた。

階段を上がってくる軋みは、四つ聞こえた。

風が足音と一緒に吹き上がった。

「あんた、くるよ」

「ふむ」

意春は仕事場の畳《たたみ》に片膝《ひざ》をついて、階段の方へ向いて身構えた。

平六店の路地に面して四畳半の仕事部屋、続いて四畳半の寝間があり、階段の上り口は寝間の向こうの一角にある。

鯉口《こいぐち》を鳴らし、意春は鞘を払った。鞘を部屋の隅へ捨てた。

お里季は意春の背後に身を固めた。
どうやって意春を守ろうか、と必死に考えを廻《めぐ》らした。
階下から生ぬるい風が吹き上がり、低い天井が鳴った。
階段が軋み、人の荒い息までがお里季には聞こえた。
獣じみた、熱く獰猛《どうもう》な昂《たか》ぶりが、吐息に雑《ま》じっていた。
殺す。全員殺す――お里季は思った。
と、階段の上り口あたりの暗がりが蠢《うごめ》いた。
暗がりよりも黒い影の群れが、暗がりをふくらませたようだった。
暗がりの奥から低いうなり声が聞こえた。
「誰だっ。盗人《ぬすっと》かっ」
意春が影の群れへ怒鳴った。
影の蠢きが止まり、風がうなった。
と、そのとき、四つの影が折り重なった。
折り重なった影がこちらにくるのがわかった。
畳が震え、かざした白刃が見えた。
「お里季」

影が吐息とともに呼んだ。

途端《とたん》、畳が太鼓を打つように鳴った。

「たあっ」

意春が懸命な一撃を影へ浴びせた。

刃《やいば》が空を斬り、鋼《はがね》が鳴り、壁に人の身体が激しくぶつかった。

壁が振動し、暗がりの中で振り廻す白刃が柱に咬《か》み、何かが砕け散った。

「お篠、逃げろ」

意春が叫んだ。

「あんたあっ」

お里季に襲いかかったのは間違いなく庸行だった。

濡れた三度笠や合羽の雫《しずく》がお里季にかかった。

攻撃するとき、庸行はひと声も発しない。

声を出せば相手に動きを察知される。それが庸行の教えだった。

突き蹴りを繰り出す刹那の機と、同時に攻撃の切れが《はぶ手》と恐れられた庸行の唐手の神髄《しんずい》だった。

猫足《ねこあし》の前屈立ちから正拳、続いて前蹴りが飛んできた。

お里季は左右の手で払い、上足底《じょうそくてい》、足の甲の二段蹴りを庸行へかえす。

それをかいくぐって掌底がお里季の顎をかすめた。

「あはあっ」

庸行が鷺足《さぎあし》に立ち、その手応えに思わず笑ったかのようだった。

その庸行の影へ、回し蹴りを浴びせる。

それも影のこめかみをかすめただけだが、影は思わぬ反撃に片膝を落とし、たじろいだのがわかった。

しかし一方意春は、三つの影に襲われ、左右から浴びせられる白刃にたちまち防戦一方を余儀なくされた。

鋼と鋼が火花を散らした。

狭い部屋で影と影がぶつかり、荒々しくつかみ合った。

部屋の隅に追い詰められ、画台用の机に押し倒されて、机が無惨に砕けた。

倒れながらも意春は「お篠っ、逃げろ」と、喚いた。

「あんたっ」

お里季は庸行を捨て、意春に襲いかかる影のひとつへ横蹴りを見舞う。

ぐえ、とうめいて影が横転した。

「おしのっ」

意春の呼び声が途切れた。

刹那、もうひとつの影がお里季の肩へ一撃を横に薙《な》いだ。

お里季は咄嗟に屈み、横薙ぎに空を斬らせ、一転、身体を折り畳んだまま飛び上がり、同時に蹴り上げた爪先を影の顎へ見舞った。

影の首が真後ろに折れ、ゆらっと仰《の》け反《ぞ》ったところへ、片足で着地しざま、お里季の後ろ蹴りが影の力を失くした顔面へ浴びせられた。

ひと声悲鳴が上がり、影は吹き飛んだ。

吹き飛んだ影が窓の板戸を打ち砕き、さらに出格子を飛び越え、向かいの軒へ衝突し、路地へ転がり落ちた。

板戸が砕けた窓からうなる風と雨が吹きこみ、家の中の物を舞い上げた。

何もかもがぐるぐると廻って、壁や天井に叩きつけられた。

風のうなりの中から「お篠っ」と、意春の声が呼んだ。

大きな影が意春に白刃を突き立てた。

「あんたあっ」

お里季は意春に覆《おお》いかぶさった影の背中の大椎《だいつい》へ一撃を見舞った。

影が叫んで転がり逃げる。

お里季はうずくまる意春にすがり、上体を抱き起こした。

「しっかり……」

言いかけた背中に、「死ね」のひと声とともにざっくりと刃を浴びた。

お里季は悲鳴を上げた。

「治田、お里季を殺すな」

五郎治郎が叫んだ。

「もう遅《おせ》え。お里季、止《とど》めだ」

治田の打ち落としが、振りかえったお里季の顔面を襲う。

しかしお里季は片膝立ち、片手で治田の打ち落とした刀身を払うや、立ち上がりざま、裏拳を治田の頬骨の頬車《きょうしゃ》へ見舞った。

治田がひっくりかえった。

お里季は背中の深手によろけたが、五郎治郎、庸行、治田の三つの影へ身構え、「おまえたち、生かしちゃおかない」とひと声発した。

容赦なく吹きこむ風と雨が、乱れたお里季の髪を怒りの炎のように舞い上げていた。

その途端、橘町三丁目の自身番の半鐘《はんしょう》がけたたましく打ち鳴らされた。

平六店の絵師・涌井意春の店で起こっている騒動に気づいた住人が、嵐の中を自身番に知らせに走ったのである。

半鐘は鳴り続け、

「押しこみ強盗だ、押しこみ強盗だ」

と、平六店のみならず、近隣の裏店《うらだな》の住人らも気づき、半鐘の音と一緒に口々に叫び始めた。

折りしも、非常警戒掛同心・鈴本左右助が神田堀から浜町堀へかけて増水の危険の見廻りのため、浜町堀の橘町一丁目へ差しかかったときだった。

鈴本には中間と小者が従っている。

「鈴本さま、三丁目の方です」

中間が風雨の中に打ち鳴る半鐘の方角をつかみ、叫んだ。

びゅんびゅんと吹きつける風と雨に逆らいながら、鈴本らが平六店へ踏みこんだとき、住人や町役人が意春の店の前の路地に集まっていた。

町役人らは得物《えもの》を携《たずさ》えていた。

「何があった」

「押しこみ、押しこみ……」

得物を持った男が鈴本に叫んだが、叫び声を風が吹き消した。そのとき、

「裏だ。裏から逃げるぞおっ」

どこかの店の中から声が喚いた。

「裏があるのか。誰か案内しろ」

「こっちです」

得物を携えた町役人が路地の奥へ走った。

鈴本は中間に「呼子を鳴らせっ」と叫んで、町役人を追いかけた。

ぴぃぃぃぃぃ……

中間が長々と吹き鳴らした呼子が、嵐の彼方に逃げる魑魅魍魎を追って闇を引き裂いた。


龍平と宮三、寛一、甲太、要助、蔵六が嵐をついて平六店へ着いたのは、鈴本らが町役人とともに押しこみらしき一団を追って姿を消してから四半刻《しはんとき》（約三〇分）もたっていなかった。

涌井意春の店の前の路地に、風雨の中に捨てられたままの亡骸《なきがら》があった。

嵐がやむまで亡骸の調べどころか、片づけも覚束《おぼつか》なかった。

数人の住人が雨の飛沫を散らしつつ龍平たちへ駆け寄ってきて、事情を話しながら意春の店に案内した。

「中は水浸《みずびた》しですから、どうぞそのままで」

と、住人が龍平らへ土足で上がるようにと言った。

案内された二階は荒れ果て、窓には木戸の代わりに風雨を防げるように襖が立てかけてあった。

「どんなふうになったかわかりませんが、路地の死体は窓の板戸を突き破って下へ転落した模様です」

自身番の提灯で荒れ果てた部屋を照らしている町役人のひとりが言った。

部屋には町役人と住人らが三人いて、部屋の隅に重なった二つの人影の傍らで血を拭っていた。

涌井意春が部屋の角に凭《もた》れてうな垂れ、お篠が意春の膝へすがるように二人とも血まみれで倒れているのが見えた。

龍平はお篠の傍らへ屈みこんだ。

「お篠さんっ、お篠さん」

お篠は応えなかった。

お篠の背中からまだ血が流れ出ていたが、かすかな息が残っていた。

「今、医者がこっちへ向かっております」

傍らの住人が言った。

しかし、うな垂れた涌井意春はすでに事切れていた。

住人は、経緯《いきさつ》と別の役人らが押しこみらしき三人を追っている事情を語った。

ああ、可哀想に、お篠、何があった……

悲しみと怒りがこみ上げた。

すると、お篠が薄《うつす》らと目を開けた。

「お篠さん、気づいたか。今、医者がくる。お篠さんっ」

「あ、あんた、あん……」

お篠が意春へ、震える手を伸ばそうとした。

意春はお篠の呼びかけに、もう応えられなかった。

龍平は宮三や寛一へ振り向いた。

「親分、寛一、この人がお篠だ。涌井意春の《お篠もの》のお篠だ」

「わかります。わかりますとも」

宮三が龍平をなだめるように応え、寛一はこくこくと頷いた。

「なんということだ。なぜこんなことが」

そのとき、外に吹き荒れる嵐の中で、再び呼子が今度は二度三度と吹き鳴らされるのが、遠くなったり近くなったりして聞こえてきた。

「旦那、両国の方だ」

宮三が叫び、風がうなった。

「いくぞ」

龍平は立ち上がった。

七

米沢町一丁目と横山町三丁目の辻で人がひとり倒れていた。

辻の南西角にある組合辻番の二人の番人が、倒れた人を助け起こしていた。

六尺棒を持った番人は駆けつけた龍平に、

「賊は二手に分かれて逃げやした。ひとりが横山町の大通りの方で、二人が広小路の方でやす」

と、吹きつける雨に顔をしかめつつ言った。

「お役人さん、しっかりしなせえ」

もうひとりの番人に起こされたのは、同心の鈴本左右助だった。

「あた、あたたた……」

鈴本は番人に上体を起こされ、腹を押さえて顔を歪《ゆが》めた。

「鈴本さん、腹をやられたのか。疵は？」

龍平は鈴本が押さえた腹の手をどけた。

腹に斬られた疵はなかった。

「あたた、あたた。き、斬られたんじゃねえ。賊は、妙な技を使いやがった」

鈴本は腹をよじりながら、喘《あえ》ぎ喘ぎ言った。

「あっという間でやした。そいつぁ素手だが、妙な手つきの拳と蹴りでお役人さんをぶっ飛ばして大通りの方へ逃げていきやした。お役人さんは全然歯が立たなかった。うちのもんがひとり追っていやす」

番人が懸命に言った。

「広小路へ逃げた賊は？」

「そいつらの得物は長脇差で、ひとりはでけえ男だった。中間らとうちのもんが三人で追っていやす」

龍平は宮三へ振りかえり、咄嗟の判断で言った。

「親分は甲太と蔵六を連れて広小路の方を頼む。寛一と要助はわたしとこい」

「承知っ」

と、応え終わる前に宮三は両国広小路へ走り、甲太と蔵六が追った。

横山町の大通りへ走りながら、龍平は従う寛一に朱房《しゅぶさ》の十手《じって》を渡した。

「寛一、これを使え」

「へい」

横山町の大通りへ出ると、三丁目と二丁目の辻にまた男が倒れていた。

男は辻番の番人らしく、六尺棒を杖《つえ》に立ち上がろうともがいているところだった。龍平ら三人が駆け寄り、

「賊にやられたのか」

と、叫んだ。

「面目《めんぼく》ねえ。やつぁ素手だが強えのなんのって」

「どっちへ逃げた」

「馬喰町の方です。おらはいいから早く追ってくだせえ。自身番の町役人らが追

っていやす。けど町役人じゃあ無理だ」

番人は六尺棒で身体をやっと支えていた。

横山町を走り抜け、馬喰町四丁目の表通りの辻に立った。

馬喰町四丁目の表通りは、風雨に押し潰されて暗がりの中に沈んでいた。

かすかに人の声が聞こえた。

初音の馬場の方だった。

馬喰町の横町を北へ出た御用屋敷の手前に、広い初音の馬場が見えた。

馬場の周囲を土手が廻り、物見の櫓《やぐら》が夜空にそびえ風雨にさらされていた。

周囲の土手は大人の肩ほどの高さで、大輪に乗り廻す馬場の中に一帯の小土手が築かれている。

馬場の中で三人の町役人と思われる男らが、三度笠に廻し合羽の賊を恐る恐る取り囲んでいたが、手出しができなかった。

土砂降りの雨が、広い馬場に吹きつける風に渦を巻いた。

龍平は塗笠を押さえ紙合羽をなびかせながら、賊の前へ走り出た。

「これまでだ。神妙にしろ」

凛《りん》とした声が嵐を貫き、大刀の鯉口が鳴った。

三度笠に顔を隠した賊は、思った以上に小柄に見えた。

合羽に覆われた肩がゆるやかに揺れていた。

賊は三度笠を上げ、龍平へ白っぽい目を投げた。

何かを感じたのか、三度笠を取り、廻し合羽を肩から落とした。

三度笠が風に吹かれて独楽《こま》のように舞い、廻し合羽は羽のように飛んだ。

曲がった背中がすっと伸び、打ちつける水飛沫が男をくるんだ。

暗くて顔の表情は定かではなかったが、年寄りだった。

「死にてえか」

嗄れた声で言った。

「素手がおまえの得物か」

「刀なんぞ役に立たねえ。わしと闘えばそれを思い知るだろう」

龍平は刀を抜き放ち、右足を半歩踏み出した右脇へゆるく垂らした。

「それでええのか」

「充分だ。なぜ涌井意春の店を狙った」

「わくい？　ああ、お里季の亭主か。亭主なんかどうでもええ。お里季を始末するためにきた。それだけだ」

先ほど八弥から聞いた話が甦った。

そうか、こいつらがそうか——龍平は驚きと同時に、男らの異様な執着に奇異を覚えた。

「おまえ、はぶ手の庸行だな」

風が、吹き荒び、雨がはじけるような音をたてて打ちつけた。

「なんのために、お里季を始末する」

目が慣れ、六十歳は超えた顔貌《がんぼう》が次第に浮かび上がってきた。

細身の背筋は獣が立ち上がったように伸び、両手をゆるやかに広げ、四股《しこ》立ちに構えた。

「お里季はおらが育てた。あれはおらのもんだ。おらのもんをどう始末をつけようと、おらの勝手だ」

「おまえが育てたお里季などいない。妄執《もうしゅう》の幻に血迷うたか」

「虚仮《こけ》が、死ね」

刹那、庸行は高々と宙に舞った。

ほのかな笑みを浮かべ、夜空の風雨と戯れたかのようだった。

次の瞬間、宙より蹴り落とされた足底《そくてい》を、龍平は頭上を飛び越えていく庸行と交差しつつ、薄絹一枚の間を残し躱《かわ》した。

一歩前へ進み、二歩目で振りかえるのと同時に、背後へ着地した庸行の背にかえす一刀を浴びせた。

庸行は後ろに目がついているかのようにやわらかく身体を折り畳み、龍平の一撃に空を斬らせた。

起き上がりながらの後ろ蹴り、退いたところへ追い打ちの廻し蹴り、さらに体勢を正面に立て直して前蹴りを浴びせてきた。

雨と風を抉《えぐ》り、龍平の紙合羽を引き裂いた。爪先が塗笠をかすめ、はじけ飛んだ。

龍平は刀を右膝脇へ垂らしたまま庸行の蹴りを、右、左、頭上に躱しながら後退を図る。

寛一が庸行の後ろへ廻り、中間の要助は木刀をかざし脇へ位置を取った。

「寛一、要助、守りを固めて囲むだけでいい」

龍平は言い、そこで踏み止まった。

踏み止まるや今度は踏み出し、正拳を突き出した庸行へ下から斬り上げた。

斬り上げた一刀とともに、水飛沫が上がる。

しかし細い身体が剣筋に沿って傾ぎ、傾いだまま身を任せるようにくるりと回転させ飛んでくる後ろ廻し蹴りは、より正確に、爪先が今度は龍平の髷《まげ》をかすめた。

と、続いて身体を沈めて龍平の足へ横蹴り。

かろうじて身を退いた腹部へ前蹴り、胸へ左右二段の蹴りが襲いかかる。

しかも龍平のかえす剣は刃すれすれに身体を撓《しな》らせ、すべて空を斬らせた。

なんという技だ。

まるで風になびく布切れに打ちかかるような手応えのなさだった。

一瞬の停滞もなく次々と、拳、蹴り、の攻撃が繰り出された。

声は一切なく、ただ殺気だけが漲《みなぎ》っていた。

そうして何打目か、龍平のそむけた顔面を横打が痛打した。

意識は失わなかったが龍平は崩れ、片膝をついた。

「ははあっ」

庸行が笑った。

体勢の崩れた龍平の首筋へ廻し蹴りの痛打。それを左腕を固めてかろうじて防いだ。重たい衝撃が左腕を痺《しび》れさせた。

龍平は右から一撃を懸命に打ちかえす。
細身が軽々と宙に飛んでそれを躱し、またもや風雨と戯《たわむ》れただけだった。
「ははあっ、ははあっ」
庸行の嘲笑《ちょうしょう》が降りかかる。
止めの蹴り落としが飛んでくるのがわかった。
「いくぞっ」
龍平は叫び、庸行の宙に舞う蹴りへ自ら身体を躍《おど》らせた。
それは、斬り上げる一閃《いっせん》と止めの蹴り落としが相打つ瞬間だった。
刹那、庸行の右腕に巻きついた投げ縄が蹴りを狂わせた。
「あっ」
庸行が叫んだ。
庸行の蹴りは龍平の肩先をかすめ、先に地へ下り立った。
一瞬だけ遅れた龍平は、空から打ち落とした。
龍平の一刀が庸行の額で鳴った。
一撃を浴びた庸行はひと声も発しなかった。
ただ龍平から顔面をそむけただけだった。

次の刹那、身を翻《ひるがえ》し投げ縄をつかむ寛一を睨んだ。

「おめえか、邪魔したのは」

うめきながら寛一の縄をたぐりよせた。

「ご、御用だ」

寛一は叫んだが、泥と一緒に引きずられた。

庸行は両手に投げ縄を巻きつけ、風雨の彼方へ両手を突き上げた。そして奇声を響かせた。

「きぇぇぇぇ……」

すると投げ縄はぶち切れ、濡れた縄の水飛沫が散った。

引きずられた寛一は、わあっ、とひっくりかえった。

魍魎を思わせる怪力だった。

投げ縄を投げ捨て、ふたたび龍平へ向き直る。

顔面が怒りで醜《みにく》く歪んでいた。

「刀なんぞ、役に立たねえ。そう言うたろう」

龍平へ一歩二歩と踏み出した。

前屈立ちに身構えた。

龍平は刀を右脇へ垂らした構えで、庸行の動きを見守った。

三歩目のとき、庸行はよろけた。

額から、ぼっ、と音を立てて血が噴いた。それを滝のように降りそそぐ雨が洗い流していった。

「刀なんぞ、役に……」

と、突き出した正拳は力がなく、もう龍平に届かなかった。

あとからあとから噴き出る血が、雨とまじって流れ落ちた。

膝を折った。

それからゆっくり仰向けになった。

「おり……き」

くぐもった声で、最期に叫んだ。

十手をかざした寛一が、様子をうかがいつつ側に寄ってきた。

手には切れた投げ縄が絡まっている。

要助も木刀を構えて近づき、自身番の町役人らは二人の後ろにいた。

「旦那、だ、大丈夫ですか」

寛一が龍平へ震える声を寄越《よこ》した。

龍平は打撃を受けた頰をなで、濡れた顔を拭った。

刀を杖にして、少々ふらつく身体を支えた。

「まったく、恐ろしい技だった。寛一のお陰で助かった。礼を言うぞ」

夜空に風が轟音を立てて渦巻き、雨が馬場の地面を叩いた。

そのとき、両国の方より呼子が、ぴりぴりと響き渡った。

八

お篠が、運びこまれた両国米沢町の蘭医・常高《じょうこう》の診療所で意識を取り戻したのは、それから三日後だった。

蘭医はお篠の疵を縫合し、瀕死《ひんし》の重体だったが、お篠は一命を取り留めた。

「驚くべき身体だ。これほどの疵でよく助かったものだ」

疵を手当てした蘭医が驚いた。

「この患者は普通の身体ではない。勝手に疵が治っていきよる。むろん、お腹の子も大丈夫じゃ」

それで龍平は、お篠が身籠《みごも》っていることを知った。

橘町三丁目平六店の町絵師・涌井意春を殺害し、女房お篠に重傷を負わせた賊は、嵐に乗じた流しの押しこみ強盗と北町奉行所はみなしていた。

賊は四人。嵐の夜のおよそ五日ほど前、馬喰町二丁目の旅人宿・根来屋に投宿し、今、江戸で人気の町絵師・涌井意春の住まいに狙いをつけ、入念に下見をした後、凶行に及んだと思われた。

なぜなら、平六店の住人が裏店に下見にきたと思われる賊のひとりの顔を見覚えていたからである。

旅人宿・根来屋の宿帳に名を記した四人は、相州厚木近在の百姓ということで、急ぎ厚木の出張陣屋へ問い合わせたところ、そのような者らはいない、という返事が数日後に戻ってきた。

よって、賊はほぼ間違いなく人気絵師・涌井意春の店を狙った旅の流しの強盗と断ぜられた。

当夜、賊を追い怪我《けが》を負った同心・鈴本左右助はもちろん、偶然いき合わせ賊と闘った日暮龍平も「そのように思われます」と、報告した。

ただ妙な、と思われることが二、三あった。

平六店の路地に倒れていた賊のひとりは刀疵がなく、首の骨が折れ、顎も砕かれていた。乱戦の最中《さなか》、誤って二階の出格子窓より転げ落ちたとしても、そのような骨の砕け方をするとは思えなかった。

「妙だな」

龍平が言上《ごんじょうちょう》帳に記した一件の報告を読んで、奉行が呟《つぶや》いたと言う。

さらに押しこみ強盗は、意春の店から金を奪わなかった。

ただこれは隣近所に気づかれ奪う間がなかった、と思われたが。

三つ目は、両国橋まで追われた二人の賊についてである。

二人は両国橋の中ほどまで逃げ、呼子を聞きつけ警戒に当たっていた向こう両国の町役人と宮三率いる追っ手に囲まれ、最後の抵抗を試みた。

雨と風が橋を叩き、真っ黒な大川が濁流《だくりゅう》を轟《とどろ》かせていた。

人をも吹き飛ばす嵐の中で、よろける身を支えながらの乱戦だった。

賊は二人のうちの大男の方が頭らしかった。

宮三らは頭を狙って投げ縄を次々に浴びせた。

風が邪魔をしたが、それでも一本の縄が頭の足に絡まり、頭は転倒した。

手下が長脇差を振り廻し、「おじきいっ」と叫んでいた。

「飛びこめえっ、飛びこめえっ」

頭が喚いた。

だが手下は、黒い濁流が轟く嵐の大川に飛びこむ勇気がなかった。

「おじきいっ」

と、泣き声になった。

頭は足に絡まった縄を長脇差で切り離すと、追いつめる宮三へひと薙ぎし、一瞬の隙をついて身を翻した。そして巨体をゆらし、驚くべき身軽さで欄干へ飛び上がり、暗黒の濁流へ躊躇いもなく身を躍らせたのだった。

濁流へ身を没しながら頭はひと声、叫んだ。

「おりきいっ」

手下は頭の後を追い、濁流に怯えつつ欄干《らんかん》に跨《またが》った。

だが一瞬の躊躇いが、手下の生死を分けた。

蔵六の投げた縄が手下の首に絡み、途端、度胸を決めて奈落へ身を躍らせた手下は落下半ばで、手足を震わせぶら下がったのだった。

手下は、ほとんどもがかなかった。

宮三らが欄干からのぞくと、ぐったりとした手下の身体が、吹きつける風雨にゆれていた。

「蔵六、縄を放せ」

宮三が叫んだが、ぶら下がった重みに引きずられて蔵六は手に巻きつけた縄をすぐに放せなかった。むろん、手先の宮三らは刃物は持たない。両国橋にぶら下がって絶命した手下の亡骸は、首の骨が折れていた。

「おりき、ですか。女ですな」

年番方筆頭与力の福澤兼弘が、後の評議の場で言った。

「日暮はその名に聞き覚えはないのか」

その評議の場には福澤のほかに、北町奉行・永田備前守、詮議方筆頭与力・柚《ゆ》木《ず》常朝《きつねあさ》、非常警戒掛同心の鈴本左右助、定町廻り方・南村種義の代役である日暮龍平が同席していた。福澤に問われた龍平は、

「おりき、という名に聞き覚えはございません。おそらく、賊の縁者と思われ調べておりますが、賊の身元も含め、今のところわかった者はおりません」

と、さらりと応えた。

「何年か前でしたか。《相模のお里季》という女始末人の噂を聞いた覚えがあります。美しい女ながら相当の腕利き、という評判でした。もっとも噂だけで、生《しよう》国《ごく》やどんな仕事をしていた女なのか、あるいは実在の女かどうかも、定かではあ

りません」

柚木常朝が言った。

「おりきな。あのような凶暴な押しこみを働く者らにも、気がかりな縁者がおるということか」

奉行が感慨深げに言った。

しかし、一件の評議の場でお里季の名が出たのはそのときだけだった。

あとは大川へ身を投げた頭らしき者の生死の行方が取り沙汰《ざた》された。

あの荒れ狂う夜の大川に身を投じて無事なはずがないと思われたものの、その後、川や海の捜索にもかかわらず賊の死体が見つからなかったためである。

そんな二、三の不審は残しつつ、あの嵐の夜の橘町の一件は、流しの押しこみの仕業という奉行所の判断は変わらなかった。

いずれにせよ、今のところ当夜のただ一人の生き残りである意春の女房・お篠が回復し次第、事情を訊き、その報告によって一件は落着すると思われた。

龍平がお篠の話を聞くことを米沢町の蘭医・常高より許されたのは、八月も下旬になってからだった。

疵の回復は医師・常高が驚くほど順調だった反面、お篠が心に受けた疵は身体の疵よりも深手だった。

「お篠は亭主を死なせたのは己のせいだと悲しむ錯乱から覚めず、未だ己自身を責めておる。可哀想に。話を聞ける状態ではない」

と、常高は事情を訊くことを許さなかった。

意春の亡骸は、家主の平六の指図で荼毘《だび》にふされ、裏店の住人らだけで仮の葬儀が営まれた。

数日がたって、小田原より出府した意春の母親と姉が、遺骨をもらい受けに平六店へ訪ねてきた。

母親と姉は平六と住人に丁寧《ていねい》な礼をして遺骨を受け取ったあと、米沢町のお篠を見舞った。母親と姉は米沢町の宿を四、五日ほど取って、まだ起き上がるのも難しい状態だったお篠の看病につき添い、それから小田原へ帰ったという。

八月下旬のその日は、のどかな秋晴れだった。

龍平は宮三と寛一をともない、米沢町の常高の診療所を訪れた。

お篠の疵は重く容体は目が離せなかったため、常高の計らいで診療所に寝泊まりして治療に専念していた。

お篠が寝かされていたのは、薬研堀と大川の見える眺めのいい部屋だった。

まだ寝床を離れることは難しかったものの、お篠は上体なら起こせるほどに回復し、素顔の色艶に生気が戻っていた。

「思い出すのも辛いだろうが、役目上、念のために事情を訊《たず》ねなければならぬ。横になったままで……」

と、龍平が勧めてもお篠は「いいえ。もうずいぶんよくなりましたので」と龍平らを気遣い、布団から上体を起こした。

お篠は、一階の濡れ縁の板戸がはずされ、風の気配で目覚めてから、賊が侵入し襲われた当夜の模様を、龍平が問うまま言葉少なに応えた。

賊の数は四人で、三度笠に合羽を纏い、みなずぶ濡れで雨の雫が……暗がりの中、さぞかし恐ろしい出来事だったろうにもかかわらず、お篠の話は正確だった。

「……夫はわたしを庇《かば》って刀を振るっていましたが、相手は数が多く、そのうちに夫は斬られて倒れ、わたしは夫を助けようとしたところを背中から斬られました。誰が斬ったかはわかりません。そのとき半鐘が鳴って、近所の人が叫んでいる声も聞こえました。わたしはそのまま気を失ったのです」

暗がりだったので賊の顔は見分けがつかず、何かが盗《と》られたのかどうかもお篠は知らなかった。

またお篠は、嵐のあの夜、なぜ自分たちの住まいに賊が侵入したのか、押しこみ強盗を狙った以外に思い当たる事情は考えられないとも応えた。

「賊のひとりが二階から路地へ転落し、その賊は首の骨を折り、顎が砕けて絶命した。なぜそんなことになったのか、わかるか」

「暗い中で夫は賊と激しく争っておりました。賊のひとりが二階の窓の板戸を破って落ちたのは知っています。でも暗かったし、そこまでは……」

お篠は首を左右にした。

龍平はそれ以上、訊くか訊くまいかと迷った。

するとお篠が龍平に訊ねた。

「逃げた賊はどうなったんですか」

お篠を気遣って、誰も賊の顚末《てんまつ》を話していないらしかった。

龍平はひとりを初音の馬場に追いつめ、そこで倒した事情を語った。

「小柄な老人だったが、刃物は持たず、鍛錬を極めた手足を武器にして恐ろしい技を使う賊だった。こっちが倒されてもおかしくなかった。ぎりぎりのところで勝負がついたのだ」

お篠は言葉もなく、ただうな垂れていた。

両国橋の顚末は宮三が話した。

「日暮の旦那の手先を務めております宮三と申します。お見知り置きを」

そう名乗って、両国橋の二人の賊は、ひとりの大柄な頭だった男が濁流の暗い大川へ没し、生死は不明だがほぼ助からないと思われ、手下の若い方は両国橋にぶら下がって息絶えたありさまを述べ、さらに言い添えた。

「手下の方は頭を、叔父《おじ》き、と呼んでおりました。賊の頭は手下に甥《おい》を従えていたとみえます。それから、旦那」

宮三が龍平に向いた。

「念のために、あっしの方からもひとつ、訊いてよろしいですか」

「ふむ。いいとも」

龍平が応えると、宮三はお篠へ向き直った。

「頭と思われる大男は、大川へ身を投げる間際《まぎわ》、おりき、とひと声叫んだんです。嵐の中だったがあっしは確かに、おりき、と聞きました。お篠さん、おりき、という名前になんぞ心当たりはありませんか」

お篠は黙ってうな垂れ、すぐには応えなかった。やがて、

「さあ……」

と、かすかにはにかんだ素振りを見せ、ぽつりと言った。

それだけだった。

「そうですよね。あの一件はどう調べても、流しの押しこみの仕業《しわざ》という線しか出てこねえ。賊に所縁《ゆかり》のある者の名前が、お篠さんに心当たりがあるはずはありません。旦那、あっしの方からはこれだけで」

龍平は頷いた。

「お篠さん、役目上訊ねることは以上だ。ところで、お篠さんが子供を宿していると、先生から聞いた」

と、微笑《い》んだ。

「疵が癒《い》えてから先、ゆく当てが決まっていないのなら、養生《ようじょう》をかねて八丁堀のわが住まいへこないか。狭いところだが、お篠さんがすごせる余分の部屋はある。お篠さんさえよければ、子供はうちで産むといい。わが妻と義母がおり、何かと役に立つと思う。じつは、お篠さんをぜひ家にと申しておるのは妻と義母なのだ」

「たった一度ご縁があっただけなのに、そんなにまで優しいお心遣い、お礼を申します。わたしなんて、日暮さまにお気にかけていただく値打ちのない者です。お気持ちだけ、ありがたく頂戴《ちょうだい》いたします」

「お篠さん、気遣いには及ばぬ。長いつき合いがあっても親しくなるとは限らん。お篠さんはたった一度と言われるが、たった一度の交わりであっても友の契《ちぎ》りを結ぶこともある。お篠さんには俊太郎の危ういところを救ってもらった。わたしたちにはその縁で充分だ。どうぞ、わが家へ」

お篠は目を潤ませた。

「あの、あっしは意春先生の絵を全部持っております」

寛一がいきなり言った。

きっと、言いたくてしようがなかったのを我慢していたのだろう。

「これからはもう意春先生の絵が見られなくなるのかと思うと、辛くって、悲しくって。けど、お篠さんが意春先生の赤ん坊をお産みになるって知って、なんかわかんねえけど、よかったって気がしてます。あっしも、一所懸命応援させていただきます」

寛一は決まりが悪そうに頭をかいた。

龍平と宮三は顔をほころばせた。

お篠は目を潤ませたまま、「意春の絵をそんなふうに言っていただいて、本当に嬉しい」と微笑んだ。

「意春が声をかけてくれたのは、江戸へ出てきて三年がたった二十歳のときです。そのときわたしは、奉公先から暇《いとま》を出され、ゆく当てもなく思案にくれていたんです。わたしは気の利かない田舎者で、奉公先を縮尻《しくじ》ってばかりでした。そのときも、いっそ身を投げてしまおうかと考えて、両国橋の欄干に凭れて大川を眺めていたんです」

意春を思い出してか、お篠はひと筋の涙を白い頰に伝わらせた。

「夕方でした。西の空が真っ赤に燃えていて、意春は夕方の空を背に飄々《ひょうひょう》と近づいてきて、いきなり子供みたいに声をかけてきたんです。おまえ、なんでそんなに悲しそうな顔をしているのだ。腹が減っているのか、って。それって、図星でした。本当にお腹は空いていたんです。でも、馴れ馴れしい口の利き方にわたしもついむきになって、ほっといてよ、って言いかえしたんです」

宮三が、ふ、と笑い声をもらした。

「腹が減っているなら、うちへくれば飯を食わしてやる。よからぬ下心があって言うておるのではない。自分は絵師だ。今はまだあまり売れておらぬが。おまえが絵の手本になってくれるなら飯は食い放題だ。そんな言い方をしたんです。別に怒るほどのことはなかったけれど、意春の無邪気な顔を見たらわたしも子供みたいな気分にさせられて、知らないよ、っていきかけたんです」

ほお、と今度は龍平が笑った。

「そしたら意春が追いかけてきて、すまんすまん、怒らせたのなら謝る。今はあまり売れておらぬのは、わたしには絵の素質があるのに運がないからだ。おまえの容顔《かんばせ》には、なんとも言えぬ愁《うれ》いがあって、わたしの絵心をそそる。頼みたい、私の絵の手本になってくれぬか、って言ったんです。そんな口の利き方をする人は初めてでした。わたし、思わず足を止めてしまいました」

それが意春との出会いだったんです――と、お篠はそれから、その出会いより始まった意春との日々を、愛おしげに語った。

若い男と若い女との出会いとはそうしたものだろう、と龍平にも宮三にもわかっていた。多くの言葉はいらぬし、長いときもかからなかった。

意春とお篠のささやかな暮らしが始まり、やがて二人は春のやわらかな風に吹かれて夫婦になった。

二人を遮《さえぎ》るものは何もなかった。なぜなら二人は、互いを必要としたからだ。

意春の美人画《お篠もの》が当たり、意春は人気の町絵師になった。そうして、若い夫婦の暮らしは少しずつ楽になっていった。

龍平と宮三は笑みを交わした。

寛一は、うっとりとした顔つきをしていた。

「意春は優しい夫でした。あの人の子ができたんです。嬉しかった。本当に嬉しかった……」

そう言ってお篠は、押し寄せる悲しみに声をつまらせた。

「お篠さん、身体に障る。今日はお暇をしよう。二、三日したらまたくる。それまでにわが家へくることを考えてほしい。繰りかえすが決して、決して、気遣いには及ばない」

「いえ。違うんです、日暮さま。そうじゃないんです」

と、お篠は涙を拭って言った。

「先だって、小田原から夫の母上と姉上が遺骨を引き取りに見え、わたしの見舞いにもきてくださったんです。きちんとした厳しい母上ですけれど、芯《しん》はとてもお優しくて、夫が前にそう言っていたのがよくわかりました。夫が妻を守れなかったことをひどく心苦しく思われ、悪いのはわたしなのに、意春の死を一所懸命堪えていらっしゃいました」

龍平は、お篠の顔にほのかな明るみが射しているのを見た。

「母上が仰ったんです。どうか、小田原へきておくれって。意春の子を小田原で産んでおくれ、って。そのとき、母上の夫を思う気持ちが胸が痛くなるほどよくわかりました。わたし、母上に申しわけないと思いました。意春の子を小田原で産まなければいけないと思いました。夫の忘れ形見を、母上にお返ししなければいけないって……」

お篠の言葉が途切れ、お篠は声を放って泣いた。

九

その夜、京風小料理家《桔梗《ききよう》》の表店から調理場の脇を通って奥へ入った三畳間が二つ並んだひとつの座敷に、龍平と宮三、寛一の三人が卓袱《しつぽく》ふうの卓を囲んでいた。

日本橋の南、左内《さない》町と音羽《おとわ》町の境の小路に軒行灯を灯す桔梗は、料理人で亭主の吉弥《きちや》と十七歳の娘のお諏訪《すわ》が切り盛りしていて、龍平の舅・達広が養子婿の龍平に番代わりする以前からの馴染《なじ》みの料理屋だった。

卓袱ふうの卓は、主人の吉弥が特別誂《あつら》えで作らせた座卓で、京料理でもこの方がお客さまには具合いがよさそうだと、この夏から桔梗では取り入れた。

卓には、娘のお諏訪が運んできた、てり焼の甘い匂いが漂い、酢の物、貝煮、香ばしい汁物の湯気がほのかに上っている。

「旦那は、どうなさるつもりですか」

宮三が龍平の猪口へ酒をついだ。

龍平は猪口を持ち上げ、下り酒の香を嗅《か》いだ。

龍平の気持ちは決まっていた。だが、決心がつかなかった。

宮三は龍平の混乱を察して、控えめな口振りで言った。

「お篠は、おそらく……これまで一度も自分のために生きる、そんな当たり前な生き方をしたことがなかったんでしょう。物心ついたときから、周りの人の顔色をうかがいながら生きてきた。童女が娘になり、年増になった。亭主を持ち、子ができた。けれども心は、童女のまま変わりはしなかった」

寛一が遠慮勝ちに口を挟んだ。

「旦那、お篠さんが知らないと言うんだったら、お篠さんはお里季さんじゃない。それじゃあ駄目なんですか」

　龍平は猪口を口につけ、香り高いぬるい燗酒を含んだ。

「寛一、そう簡単にはすまされねえことなんだ」

　宮三が低く言った。

「けど親分……」

　と、寛一は龍平の手先でいる間は父親の宮三を《親分》と呼んだ。

「お篠さんが相模のお里季だった証拠は何もないんだぜ。ただ八弥さんが意春先生のお篠ものの美人画を見て、これが相模のお里季だと言っただけで、そんなの当てにならねえよ。似てるからって一緒とは限らねえじゃねえか。ねえ、旦那、そうでしょう？」

「そうだな」

　龍平は寛一へ笑いかけた。

「あの夜、意春先生とお篠さんを襲ったやつら、あいつらは流しの押しこみだったんでしょう。本当の狙いがそうじゃなかったとしても、みんな死んじゃったんだし、確かなことはわからねえんだし、流しの押しこみの仕業だった、で、もういいじゃねえんですか」

「寛一、一杯いこう」

龍平は寛一の猪口に銚子を差し、宮三にもそれを廻した。

「親分も呑んでくれ。いつものことだが、二人ともよくやってくれた。礼を言う。これからもよろしく頼む」

三人の持ち上げた猪口が揃った。

そこへ明るく元気なお諏訪の声がして、新しい銚子を運んできた。

「みなさん、お久し振りね。あんまり見えないんで、うちのことなんか忘れちゃったのかと思ってたわ。はい、呑んで呑んで……」

お諏訪は宮三から順に酌《しゃく》をして廻った。

「寛一、お務めはちゃんとできてる?」

十七歳のお諏訪は十八歳の寛一に酌をしながら、姉さんぶって呼び捨てである。

「ちぇ、お諏訪、おめえはいつも楽しそうで、苦労がなくていいな」

寛一が言いかえした。

「あら、寛一ったら、急に大人ぶって。人の苦労も知らないで」

「人の苦労も知らねえのは、おめえだろう」

寛一は猪口を呷った。

「でもいいわ。久し振りにきてくれたんだから、今夜は許してあげる」

お諏訪は寛一の猪口にまた酒をつぎ、「じゃ、ごゆっくり」と、明るい笑顔を残してさがった。

表店の方から桔梗の賑わいが聞こえる。

お諏訪の明るさが、沈みがちな三人の座をちょっと温めた。

「坊っちゃん、坊っちゃんは町方なんですから、町方の役目を果たさなきゃなりませんぜ」

宮三は町方同心と手先の分を越えて言うとき、《坊っちゃん》と、龍平が貧乏旗本の部屋住みだったころの呼び方をする。

宮三は龍平の迷いを気遣っていた。

「ああ、わかっている、親分」

龍平は応えた。

「じつはな、今、問い合わせていることがあるんだ」

「問い合わせている？」

「厚木の出張陣屋にな、近在の貸元で五郎治郎という男の安否《あんぴ》をだ。五郎治郎が生きているなら、また相模のお里季を捜して始末しにくるかもしれない。あるいは、連れ戻しにかもしれないが」

「なるほど。あの嵐の大川に、お里季の名を叫んで身を投げた押しこみの頭の死体は、上がっちゃあおりませんからね」

「じゃあ、ご、五郎治郎は生きていやがるんですか」

寛一が身を乗り出した。

「安否の返事はまだきていない。それに、大川へ身を投げた男が五郎治郎かどうかはわからない。今は、名も知れぬ流しの押しこみにしておこう」

「……旦那、庸行って恐ろしく強《つえ》えじいさんが、あの夜、言ってましたねえ。おれが相模のお里季を育てたって。五郎治郎は庸行の頭だった。あっしは思うんです。庸行が相模のお里季を育てたんだったら、悪いのはお里季じゃなくて庸行じゃねえんですか。その庸行の頭が五郎治郎なら、五郎治郎はもっと悪いやつだ。そうじゃねえんですか」

寛一は唇を嚙《か》み締めて考えた。

「五郎治郎の親方は黒江左京って、出張陣屋の元締でしたね。黒江と五郎治郎が組んで横流しをし、相模のお里季はそいつらの指図で仕事をしていただけでしょう。黒江の上にはお代官がいて、お代官の上にはご老中がいて、ご老中の上には将軍さまがいる。いったい誰が一番の、本当の悪なんですか」

「寛一、それは筋が違うぞ」

宮三がたしなめた。しかし寛一はやめなかった。

「どうして相模のお里季は始末されるのに、お里季を指図しているやつらは始末されずに、のうのうと生きていやがるんですか。お里季は罪を犯したかもしれねえが、罪を犯させた本当の、一番の悪がいる。お里季を捕まえたって、そいつらがいる限り、次のお里季がまた育てられるだけじゃねえんですかい。そんなの、どう考えたって変だし、あっしは間違っていると思う」

間違っていると思う——龍平は寛一の言葉を心の中で繰りかえした。


八月の下旬のある朝だった。

南村の代役で定町廻り方の見廻りに出かけるため、寛一と中間の要助を従え呉服橋《ごふくばし》の北町奉行所を出たとき、米沢町の蘭医・常高の使いが常高の伝言と一通の手紙を龍平に届けにきた。

手紙は、お篠より龍平に宛《あ》てられた折封だった。

常高の伝言は、お篠がその朝早くひとりで旅立った、というものだった。

お篠の疵はまだ癒えてはおらず、無理をしてはならぬ、と常高は止めたけれども、お篠の意志は固かった。

お篠は、いき先を小田原と言った。

小田原ならばなおのこと急ぐ必要はなく、疵がすっかり癒えてから、お腹の子のためにも船を使うのがいいのではないか、と勧《すす》めると、

「立ち寄りたいところがありますので」

と、お篠は応え、龍平への手紙を常高に託《たく》したのだった。


日暮さまの数々のご親切に、なんのおかえしもせぬまま、突然、旅立つわがままをお許しください。じつはわたくしは孤児《みなしご》で、郷里は相模ではなく、幼いころの淡い記憶を手繰《たぐ》れば、信濃《しなの》の山奥の風景が、二つ三つと思い出されるのでございます……

お篠の手紙はそんなふうな書き出しから始まり、信濃の郷里を逃散農民の身となって離れ、流浪の末に一家は見知らぬ山中でゆき倒れ、たったひとり生き残っ

た自分は旅人に拾われ、相模の地にきたことがつづられてあった。

龍平はお篠の手紙を読みながら、はるかな信濃の青い山々を思い描いた。

旅人に手をひかれ、山を越える小さな童女が見えた。

それから、たったひとりで旅立ったお篠の旅姿が浮かんだ。

お篠は書いていた。

小田原の涌井家に世話になり、意春の子を産むつもりであると。

けれども小田原へゆく前に、自分にはし残した仕事があり、お腹の子のためにも、それを果たさなければならないのです、ともあった。

龍平にはお篠のし残した仕事がわかった。お腹の子のために、果たそうとしていることがわかった。

お篠はひとりで去っていった。

切なく、悲しく、寂《さび》しいそのひとりの道が、己の進むべき定めの道と、お篠は、いやお里季は知っているのだ。

ああ、なんということだ。

龍平の胸は針で刺されるように痛んだ。

結　馬入川

一

　お里季は加奈川《かながわ》から東海道《とうかいどう》をはずれ、溝口、荏田《えだ》、長津田《ながつだ》、鶴間《つるま》、柏谷《かしわだに》をへて馬入川東岸に到り、馬入川に沿って北上し、八王子街道の渡し場より当麻村の田畑が連《つら》なる馬入川西岸への渡し船に乗った。

　江戸を出て二日目の夕暮れだった。

　馬入川渡し場の出茶屋での乱戦からもう足かけ八年になり、渡し船の船頭も見知らぬ若い男に代わっていたけれど、お里季は旅姿の編笠《あみがさ》を深くかぶって顔を隠し、万が一の用心を怠《おこた》らなかった。

　宝生寺《ほうしょうじ》という新義真言《しんぎしんごん》宗の寺が、当麻村の東へ取った馬入川畔《ほとり》の高台にあった。

当時十六歳だったお里季は、《溝村六輔一家》と馬入川での出入りの後、半月ほど、厚木の陣屋役人の調べを逃れるため、その宝生寺に身を隠していたことがあった。

陣屋の調べといっても形だけで、五郎治郎が、

「宝生寺はおらの菩提《ぼだい》寺だ。住職は話のわかる坊主だ。あそこに半月ばかり引っこんでりゃあ、そのうち終わらせる」

と言って、お里季はそれに従ったのだった。

宝生寺の住職は、相模のお里季の噂《うわさ》が立ち始めたことを知っていて、お里季の童女《どうじょ》の面影《おもかげ》を残したあまりに幼い風貌《ふうぼう》に胸打たれ、もし、困ったことが起こって誰かの助けが要《い》る折りは、この寺へきなさい、と言った。

およそ一年後の十七歳の年、厚木の五郎治郎の屋敷を着の身着のままで逃げ出したお里季は、当麻村の宝生寺の住職を頼り、住職の助けを得て江戸へ逃れたのだった。

その夕刻、宝生寺を訪《たず》ねたお里季を住職はよく覚えていて、お里季に一夜の宿をこころよく貸してくれた。

そしてその夜、お里季は恩人の住職に江戸へ逃れてから今日までのすぎ去った日々のすべてを語り、なんのために当麻村へ戻ってきたのかを打ち明けた。

住職はお里季の告白を聞き、驚きもせず言った。

「今宵《こよい》よりおまえは、わたしとともに経を読み、心静かにこの寺ですごすがよい。そしてそのときがくれば、おまえは誰にも告げず寺を去るがよい。おまえが去った後、わたしはすべての命の供養のために一巻の経を読むであろう」

それからさらに日がたち、九月の声を聞いたある雨の昼下がりだった。

そぼ降る雨の中、厚木近在の貸元・五郎治郎は当麻村では珍しい蛇《じゃ》の目《め》の傘を差して、馬入川の堤を逍遥《しょうよう》していた。

五郎治郎はひとりで、腰には脇差一本だった。

この近在のみならず、東相模一帯で五郎治郎に歯向かう者などいなかった。

雨が蛇の目に戯《たわむ》れかかっていた。

そのころ五郎治郎は、厚木の出張陣屋の元締・黒江左京の命で、当麻村の番太《ばんた》小屋に身を潜《ひそ》めていた。

黒江左京は、先月、江戸よりひとりで戻ってきた五郎治郎に言った。

「江戸の町方からの問い合わせなど、知らぬと言ってそれで通すのは難しくない。けれども念には念を入れ、用心に用心を重ねて、ということもある。五郎治郎、当麻村へ戻り、しばらく養生《ようじよう》をかねておとなしく暮らしておれ」

　五郎治郎は、昔、番太を任されていた当麻村でひっそりと暮らし始めた。

　命からがら江戸より相模へ逃げ戻り、当麻村で暮らし始めてから、五郎治郎は少し疲れを覚えるようになった。身体《からだ》の力の衰え、というのではなく、心の支えがわけもなく急速に萎《な》えていく、そんな具合いの疲れを覚えた。

　五郎治郎の中の何かが、ぷつりと切れた、というような覚えだった。

　近ごろ面白いことがなく、何もかもが面倒臭くなっていた。

　ひたすら走り続けて三十年か――五郎治郎は雨の馬入川の堤をゆるやかに歩みつつ、ふうむ、と溜息《ためいき》を吐《つ》いた。

　どんよりとした薄墨色の雲が、馬入川一帯の空を果てしなく覆《おお》っていた。

　村の田は稲刈りが終わって村人の姿は見えず、秋の終わりの寂《さび》しげな気配に静まりかえっていた。

　堤には松林が続いていた。

　だが、五郎治郎は己《おのれ》を深く顧《かえり》みることに慣れていなかった。

　そんな覚えに取り憑《つ》かれた己を、持て余してさえいた。

「疲れかな」

五郎治郎が呟《つぶや》いたときだった。

松林の幹に身を潜《ひそ》めている人影が見えた。

人影は編笠をかぶっていて顔は隠れていたが、背に荷物をくくり、杖《つえ》を携《たずさ》えた旅姿の女だということがすぐにわかった。

大柄な五郎治郎と較《くら》べれば、小柄な女だった。

松の木陰に雨を避《よ》けているのか、それとも誰ぞを待っているのか、女は五郎治郎の十間（約一八メートル）ほど先にじっと佇《たたず》んでいた。

ふふん……

五郎治郎は薄笑いをこぼし、女に近づいていった。

近づきつつ五郎治郎は、編笠の下の女のくっきりとした紅い唇が、何かを呟いているのを見て取った。

ふと、五郎治郎は旅の女の白い頰《ほお》の線と赤い唇、そして細く流れる肩に心惹《ひ》かれるものを覚えた。

五郎治郎は女から目を離さなかった。

お里季は近づく五郎治郎から目を離さず、お腹の子に、

「お父《と》っつぁんの仇を討つんだからね。しばらく我慢するんだよ。いい子にしているんだよ」

と、話しかけた。

だらしなく雪駄《せった》を鳴らし、蛇の目などを差した五郎治郎の薄笑いは不快だった。

けれど、この前現われたのはたったひと月ほど前のことなのに、五郎治郎はひと月前よりやつれ、たるんで見えた。

五郎治郎の雪駄が、三間（約五・四メートル）ほど手前まできて止まった。

「姐《ねえ》さん、どうしたい。道に迷ったかい」

五郎治郎の太い声が、雨の堤道から投げかけられた。

お里季は編笠の縁《ふち》を取り、少し持ち上げて五郎治郎の顔を見つめた。

うん？　という顔つきを五郎治郎は傾《かし》げるようにした。

「五郎治郎、望みどおり、戻ってきてやったぞ」

お里季は言った。

「ああっ」

五郎治郎は呆然《ぼうぜん》とお里季を見かえした。

「お、お里季……」

五郎治郎の顔に獰猛《どうもう》さと妄執《もうしゅう》が錯綜《さくそう》した。

無雑作《むぞうさ》に、五郎治郎はお里季の方へ踏み出した。油断だらけだった。

七年前、怒りで震えた部厚い唇は、今は腐乱した肉片となって五郎治郎の相貌《そうぼう》を歪《ゆが》めているばかりだった。

「五郎治郎、生きていることが苦しいか」

お里季の言葉に五郎治郎の歩みが止まった。

意味のわからない言葉に戸惑いを覚えたのか、考える素振りが見えた。

「お里季、おまえが言うことさえ聞けば、おら、おまえを可愛《かわい》がってやるぜ」

五郎治郎はまだ気づかずに言った。

「愚か者。おまえを楽にしてやる」

お里季は言い、杖を捨てた。

「おまえを、故郷の地獄へ帰してやる」

五郎治郎の心に残虐《ざんぎやく》と畏怖《いふ》が兆《きざ》す前に、お里季は駆け出していた。

たんたん……

濡《ぬ》れた道が鳴り、お里季の身体がはずんだ。

雨の雫《しずく》が飛んだ。
五郎治郎の動きは緩慢《かんまん》だった。
五郎治郎は最早《もはや》朽ちた肉片だった。
三歩目、お里季の身体が薄墨色の雲の中へ飛翔した。
五郎治郎の目にようやく恐怖が兆した。
蛇の目が雨の中へ回転しながら飛んでいった。
腰の脇差に手をかけたが、遅すぎた。
お里季は意春の声を聞いた。
意春の笑顔を見た。
意春のぬくもりを感じた。
五郎治郎は脇差の柄《つか》に手をかけたまま、動かなかった。
雨がしっとりと五郎治郎の髷《まげ》を濡らし、大きな身体を包む着物に染みこんでいった。
お里季と五郎治郎は半間（約九〇センチ）しかない間で向き合っていた。
五郎治郎の目に、虚脱《きょだつ》が表われていた。
雨が少し強くなり、松林が騒いだ。

しかし五郎治郎は喘《あえ》ぎ声さえ立てなかった。

ただゆっくりと大きな図体を傾がせ、古く朽ちた木が倒れるようにたわいもなく崩れ、横転していった。

横転した朽ちた木は、堤道から馬入川の土手を滑《すべ》り落ち、馬入川の河原を一面に覆う蘆荻《ろてき》の中に没した。

雨は降り続き、馬入川は果てしない空の下を静かに流れていた。

二

秋も終わる九月の下旬、龍平と倅《せがれ》の俊太郎は江戸の土産《みやげ》を携え、相州小田原にある大久保家お抱え絵師・涌井寛斉《かんさい》の隠居屋敷を訪ねた。

寛斉は家督を長男・斉行に譲り、大久保家の家臣としてはすでに隠居の身ではあったが、絵筆を振るう仕事は変わらず申しつけられ、日々は忙しく続いていた。

隠居後の寛斉と妻は、家督を継いだ長男・斉行夫婦に城下の南町の屋敷へ住まわせ、自分たちは小田原城を南に見て酒匂《さかわ》川を東に見渡す足柄《あしがら》丘陵の林の中に瀟《しょう》洒《しゃ》な屋敷を構え、住んでいた。

お篠は寛斉夫婦の隠居屋敷の離れの一室を与えられていた。

夫婦は涌井意春こと涌井斉年の妻・お篠の身籠った身体を気遣い、南町の町中よりはずれていても、静かな隠居屋敷の方がよいであろうと、ともに暮らしているのだった。

のどかな、少し肌寒い秋の午前だった。

野羽織、野袴に菅笠《すげがさ》の龍平と、同じく菅笠をかぶって小さな身体に荷をくくり、手甲脚絆《てっこうきゃはん》、黒足袋《たび》に草鞋《わらじ》が愛くるしい俊太郎が、下女の案内でお篠の住まう離れに通された。

お篠は濡れ縁から差す日がやわらかな日溜《ひだま》りを作る座敷で、桂《かつら》の木が伸びる庭に向いて、産衣《うぶぎ》を縫《ぬ》っていた。

「お内儀《ないぎ》さま、お客さまがお見えでございます」

下女が旅姿の龍平と俊太郎を、庭先から案内した。

お内儀、という呼称は、お篠が寛斉夫婦の元で倅・斉年の妻として迎えられている何よりの証《あかし》であった。

龍平は菅笠を取りながら、ほっとするものを覚えた。

「日暮さま、俊太郎坊っちゃん」

お篠は驚き、笑顔をほころばせて濡れ縁に走り出てきた。

「お篠さん、突然、まいりました。無礼をお許しください」

龍平はお篠に笑みを投げた。

「無礼だなんて、とんでもありません。日暮さま、俊太郎坊っちゃん、どうぞお上がりください」

「いえ。このような旅の途中で、直《じき》にお暇《いとま》せねばなりません。こちらの縁をお借りいたします」

「まあ、そんな……」

「本当に、こちらで充分です」

龍平は腰の刀をはずし縁にかけ、俊太郎がならった。

下女が「ただ今お茶をお持ちします」と、庭先から下がった。

「俊太郎坊っちゃん、いつ旅に出られたのですか」

お篠は懐《なつ》かしげに二人の傍《かたわ》らへきて座り、俊太郎に話しかけた。

「はい。一昨日《おととい》江戸を立ち、保土ケ谷《ほどがや》と平塚《ひらつか》で宿を取りました。今朝早く宿を出て、お篠さんにお目にかかりにまいりました。これから江《え》の島《しま》へ戻り、江の島で今夜は宿を取る段取りです。明日は鎌倉《かまくら》を見物して、江戸へ戻ります」

「へえ。小田原、江の島、鎌倉ですか。楽しそう」

お篠は明るく笑った。

安らかに語る俊太郎の笑顔もはじけている。

「安らかに暮らしておられるようですね。安心しました。お篠さんの色艶もとてもいい。ここが合っているのですね」

「そうですか」

お篠は頬に手を当て、龍平に頷《うなず》いた。

「小田原はとても気候がよくて、気持ちがいいのですよ。お義父《ち ち》上もお義母《は は》上もよくしてくださいますし、ありがたいことと思っています」

「よかった。お腹の子も安心して、順調に育っているのでしょう」

「ええ。俊太郎坊っちゃんのような、男前で勇気のある男の子を産みたいと思っています」

俊太郎はお篠の戯《ざ》れ言《ごと》に目を丸くし、龍平は笑った。

「意春さまのような優しい心を持った女の子でも構いませんけれど」

「うん。意春さんとお篠さんの子です。男の子なら勇気があり、女の子なら美しい子が生まれるだろう」

お篠は嬉《うれ》しそうに笑った。

下女が龍平と俊太郎に茶を運んできた。

庭の樹木でめじろが、ちっちっ、と鳴いていた。

それから三人は気持ちのいい縁先で、お篠の小田原での暮らしや、お篠が江戸を発《た》ってからの出来事などを語り合った。

三人の楽しげな笑い声が主屋にも伝わるほどに。

けれども四半刻（約三〇分）余がすぎ、龍平は言った。

「お篠さんのお暮らしの様子を見にきたのです。お篠さんが元気なのが何よりです。ではこれでお暇いたします」

龍平は腰を上げた。

俊太郎が龍平に並びかけ、菅笠をかぶった。

「あら、もう……」

お篠は名残《なごり》惜しげに言った。

「名残はつきません。どうぞお健《すこ》やかに」

龍平は言った。それから、

「そうだ。お篠さんには縁のない話だが、近ごろ相模であったある悪事の始末が奉行所にも届いていてね。そいつがおかしいのだ」

と、世間話をするように面白そうに続けた。

「厚木の出張陣屋の年貢米横流しの不正が暴かれてね。陣屋の元締や手附、手代、それにかかわった廻漕《かいそう》問屋らが一斉《いっせい》に捕縛《ほばく》されたそうだ。それと、同じ厚木の五郎治郎という貸元《かしもと》が、馬入川沿いの当麻村で、足を滑らせ馬入川に転落する災難に遭《あ》って亡くなったという噂も届いたのだが、じつはその五郎治郎も厚木陣屋の不正に一枚嚙《か》んでいたらしい」

お篠は応えず、龍平を静かに見上げていた。

龍平は菅笠の顎紐《あごひも》を結びながら言った。

「厚木や馬入川近在の東相模では、その貸元が亡くなって平穏になったという評判が伝わっている。五郎治郎はずいぶん乱暴な貸元だったようだ。人の働く悪事も、人の不幸や悲しみも、いつかは終わるということだね。いずれにしてもつまらない悪事の顚末《てんまつ》だが」

では——と、龍平は振りかえりかけて、止まった。

「そうそう、前におりきという名の女に聞き覚えはないかと訊《たず》ねたことがあったね」

お篠は黙って龍平の語りに耳を傾けていた。

「同じ東相模に相模のお里季という女のやくざがいたそうだ。そのお里季という女が江戸で亡くなっていたことがわかった。わたしは掛《かかり》ではないので詳しい経緯《いきさつ》は知らないが、先だってその話を聞いて、お篠さんにおりきのことを訊《き》いたなと思い出した。それだけです」

龍平は一礼し、

「いこう、俊太郎」

と、俊太郎の痩《や》せた小さな背中を押した。

「はい、父上。お篠さん、お達者で」

お篠は目に、ひら、と涙を光らせた。

そんなお篠を、白く穏やかな光が包んでいた。

龍平と俊太郎は踵《きびす》を返した。

俊太郎はこれから始まる新しい旅への期待に胸ふくらませて、若鳥が飛び立つように身を躍らせた。

注・本作品は、平成二十四年六月、学研パブリッシング（現・学研プラス）より刊行された、『日暮し同心始末帖　逃れ道』を著者が大幅に加筆・修正したものです。

一〇〇字書評

切り取り線

逃れ道

購買動機（新聞、雑誌名を記入するか、あるいは○をつけてください）

□（　　　　　　　　　　　　）の広告を見て
□（　　　　　　　　　　　　）の書評を見て
□ 知人のすすめで　　　　□ タイトルに惹かれて
□ カバーが良かったから　□ 内容が面白そうだから
□ 好きな作家だから　　　□ 好きな分野の本だから

・最近、最も感銘を受けた作品名をお書き下さい

・あなたのお好きな作家名をお書き下さい

・その他、ご要望がありましたらお書き下さい

住所	〒				
氏名		職業		年齢	
Eメール	※携帯には配信できません	新刊情報等のメール配信を 希望する・しない			

この本の感想を、編集部までお寄せいただけたらありがたく存じます。今後の企画の参考にさせていただきます。Eメールでも結構です。

いただいた「一〇〇字書評」は、新聞・雑誌等に紹介させていただくことがあります。その場合はお礼として特製図書カードを差し上げます。

前ページの原稿用紙に書評をお書きの上、切り取り、左記までお送り下さい。宛先の住所は不要です。

なお、ご記入いただいたお名前、ご住所等は、書評紹介の事前了解、謝礼のお届けのためだけに利用し、そのほかの目的のために利用することはありません。

〒一〇一－八七〇一
祥伝社文庫編集長　清水寿明
電話　〇三（三二六五）二〇八〇

祥伝社ホームページの「ブックレビュー」からも、書き込めます。
www.shodensha.co.jp/bookreview

祥伝社文庫

逃《のが》れ道《みち》　日暮《ひぐら》し同心《どうしん》始末帖《しまつちょう》

平成29年 2 月20日　初版第 1 刷発行
令和 6 年10月10日　第 8 刷発行

著　者　辻堂《つじどう》 魁《かい》
発行者　辻　浩明
発行所　祥伝社《しょうでんしゃ》
東京都千代田区神田神保町 3-3
〒101-8701
電話　03（3265）2081（販売）
電話　03（3265）2080（編集）
電話　03（3265）3622（製作）
www.shodensha.co.jp

印刷所　堀内印刷
製本所　ナショナル製本
カバーフォーマットデザイン　中原達治

Printed in Japan ©2017, Kai Tsujidou ISBN978-4-396-34288-3 C0193

祥伝社文庫の好評既刊

辻堂　魁

はぐれ烏《がらす》

日暮し同心始末帖①

旗本生まれの町方同心・日暮龍平《ひぐれりゅうへい》。実は小野派一刀流の遣《つか》い手。北町奉行から凶悪強盗団の探索を命じられ……。

辻堂　魁

花ふぶき

日暮し同心始末帖②

柳原堤《やなぎわらづつみ》で物乞いと浪人が次々と斬殺された。探索を命じられた龍平は背後に見え隠れする旗本の影を追う！

辻堂　魁

冬の風鈴

日暮し同心始末帖③

佃島《つくだじま》の海に男の骸《むくろ》が。無宿人《むしゅくにん》と見られたが、成り変わりと判明。その仏には奇妙な押し込み事件との関連が……。

辻堂　魁

天地の螢

日暮し同心始末帖④

連続人斬りと夜鷹の関係を悟った龍平。悲しみと憎しみに包まれたその真相に愕然とし――剛剣《ごうけん》唸る痛快時代！

辻堂　魁

逃れ道

日暮し同心始末帖⑤

評判の絵師とその妻を突然襲った悪夢とは――シリーズ最高の迫力で、日暮龍平が地獄の使いをなぎ倒す！

辻堂　魁

縁切り坂

日暮し同心始末帖⑥

比丘尼女郎が首の骨を折られ殺された。同居していた妹が行方不明と分かるや龍平は彼女の命を守るため剣を抜く！